걸으며 생각을 만나다

________________님을 만나

여기까지 왔습니다

송양의 명상 에세이 · 시

마음 챙김 제주 산책

걸으며 생각을 만나다

월파출판

프롤로그

나를 위해 시간을 보내고 좋은 곳으로 데려다준 적이 얼마나 많았을까.

나에게 공들이니 내가 행복해야 남도 행복하게 할 수 있음을 깨닫는다.

내게 시간을 주고 조용히 산책을 하면 세상을 멈추게 하고 나를 정화시켜준다.

가슴이 열리고 사랑과 감사함을 느낀다.

내 마음을 고요하게 바라보면 힘이 난다.

자연 속에서 숨을 깊게 들이마시고 내쉰다. 감정이 편히 쉬도록 공간을 준다. 내가 맑아진다. 치유가 시작된다.

아름다운 풍경을 미소와 함께 바라본다. 생각까지 자유롭다

오늘도 걸으며 생각하기 좋은 날이다. 말하는 순간 기분이 좋아지기 시작한다.

이 책은 제주도를 걸으면서 만난 생각과 풍경을 사진으로 담아 엮었다.

1부는 서요셉님이 사진 제공하였고 2부와 3부는 아내와 내가 찍은 것이다.
모두 제주도 풍경 사진들이다

누구나 가는 인생이라는 삶의 여정에서 모닥불이 필요할 때, 제 생각들이 값진 보배와 좋은 이정표의 구실이 되기를 소망한다.

2021년 4월

제주도에서 월파 송양의

| 차례 |

PART III

일러두기

책 활용법

이 책을 들고 제주도를 산책하며 명상할 수 있도록 제주도의 위치와 해당되는 사진을 함께 담았습니다. 제주도의 특성과 느낌을 담은 시집『제주도』의 詩도 일부 수록하였습니다.

PART I

산책과 생각이 만날 때

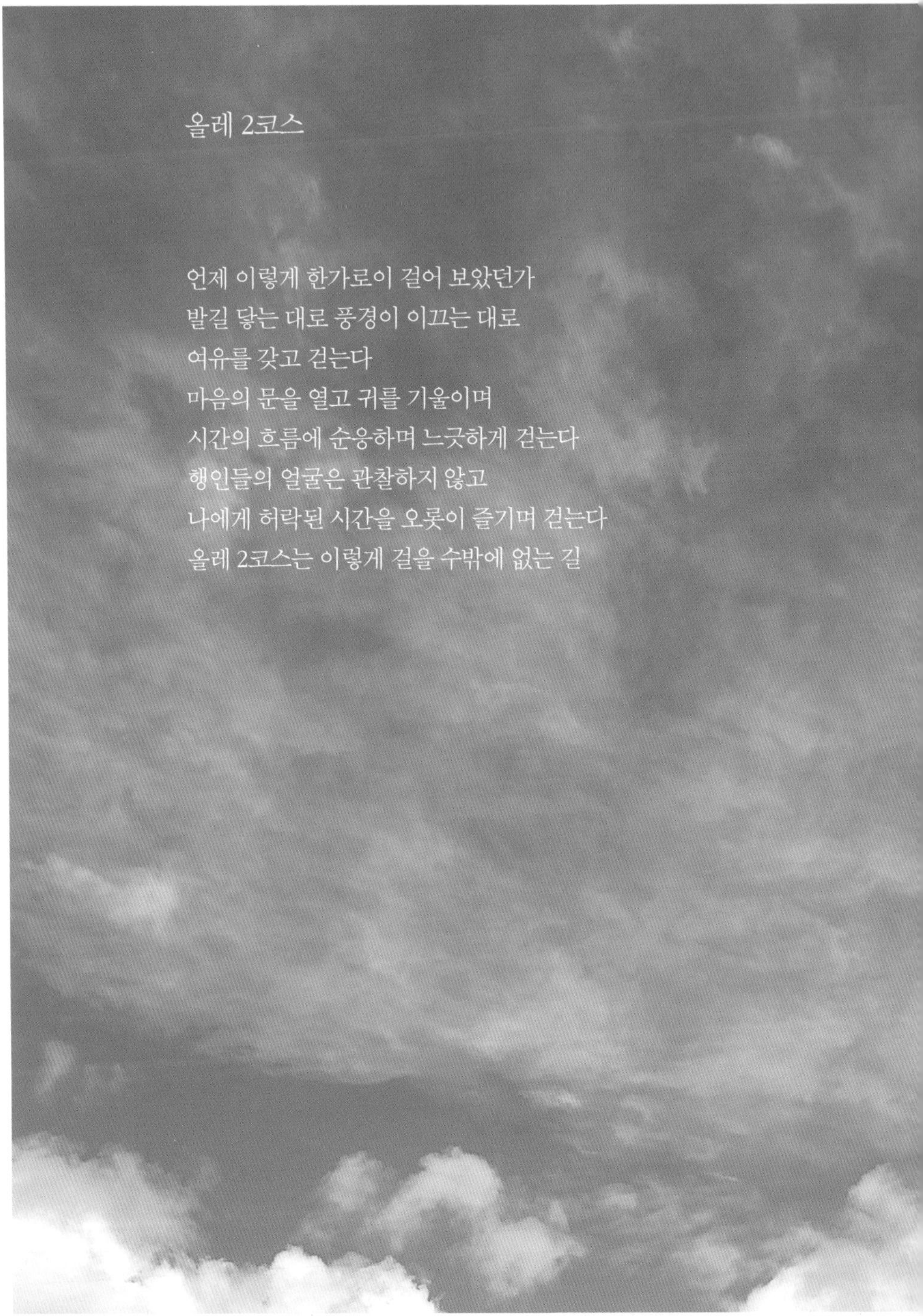

올레 2코스

언제 이렇게 한가로이 걸어 보았던가
발길 닿는 대로 풍경이 이끄는 대로
여유를 갖고 걷는다
마음의 문을 열고 귀를 기울이며
시간의 흐름에 순응하며 느긋하게 걷는다
행인들의 얼굴은 관찰하지 않고
나에게 허락된 시간을 오롯이 즐기며 걷는다
올레 2코스는 이렇게 걸을 수밖에 없는 길

광치기 해변에서 시작하는 올레 2코스
일출봉이 바라보이는 해변의 물빛은
항상 말쑥한 얼굴이다
식산봉에 올라 노적봉의 유래를 음미해 보고
호수처럼 잔잔한 일출봉 내해를 걷는다
나무들이
바다를 가리지 않으려고 작게 돋아 있고
서로 희생하겠다고 억새마저 낮게 누워 있다
물질보다 사랑이 먼저라는
이타심을 배운다
바닷가에서 게들이 살고 있는 모습에
몰입해 본다
삶의 다양성을 인정하는지 나는 옳고
너는 틀렸다고 하지 않는 모양이다
서로 인정하는지 격하게 싸우지
않고 한곳에서 산다

하늘의 구름이
손짓하는 대로 따라 걷다 보면
울창한 숲 터널 지나서 온평 포구
환해장성 돌담길 따라 이어지는
신화의 길이 끝난다

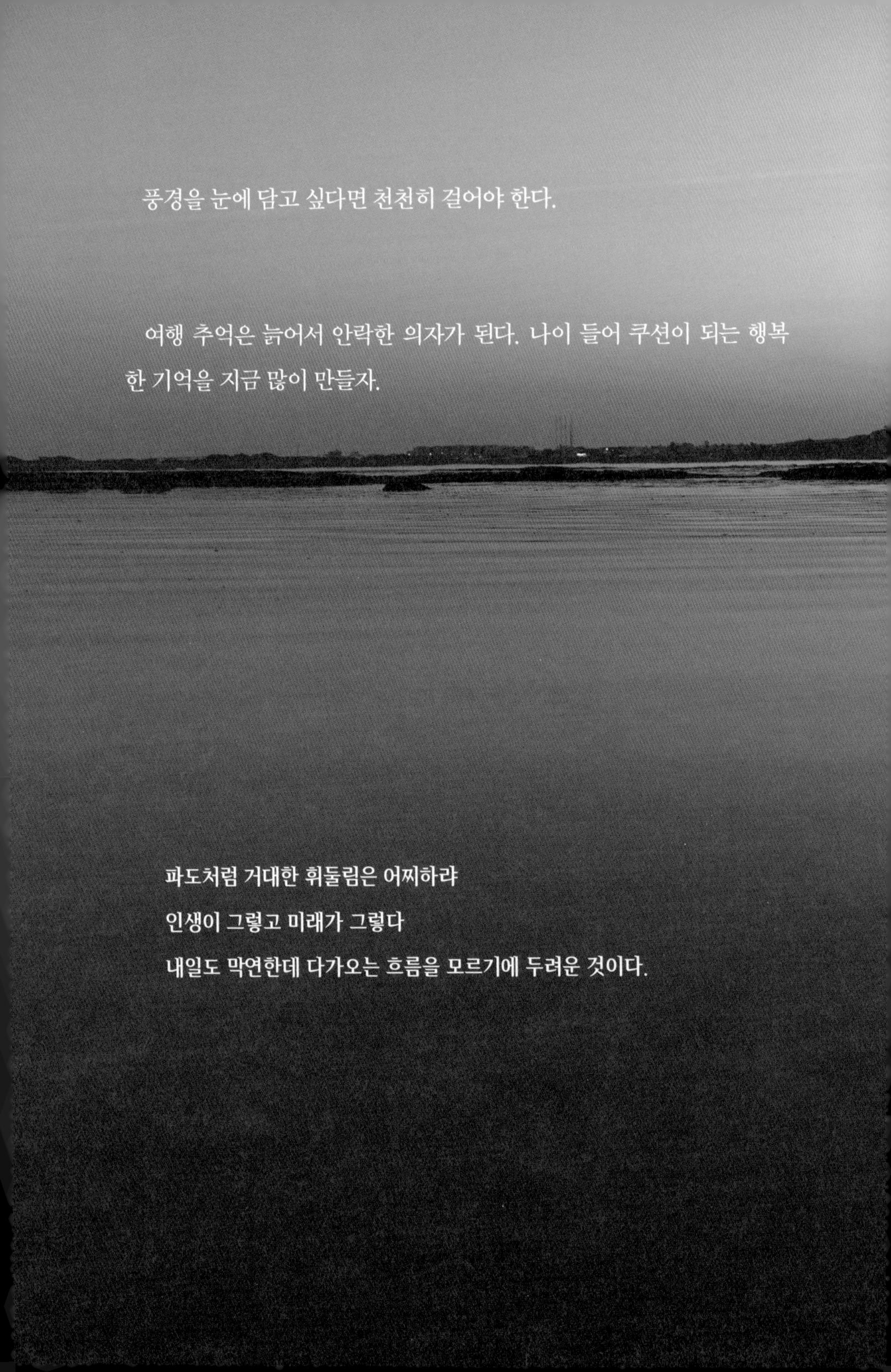

풍경을 눈에 담고 싶다면 천천히 걸어야 한다.

여행 추억은 늙어서 안락한 의자가 된다. 나이 들어 쿠션이 되는 행복한 기억을 지금 많이 만들자.

파도처럼 거대한 휘둘림은 어찌하랴
인생이 그렇고 미래가 그렇다
내일도 막연한데 다가오는 흐름을 모르기에 두려운 것이다.

성산 일출봉 해돋이

욕망 때문에 그릇된 선택을 한다.
안목을 흐리게 하는 욕망을 비우자.

바둑에서 사석작전처럼 자기의 돌을 일부러 잡아먹히게 해서 유리한 형세를 만든다.

자기가 가진 것을 일부 포기할 수 있다면 길이 열릴 수 있다.

포기해야 얻을 수 있는 것도 있다.

빈손으로 왔는데 빈손으로 돌아가더라도 무엇이 아쉽겠는가.

섭지코지 해돋이

똑같은 날은 단 하루도 없다.
변화의 조짐을 발견하자
인생에 취하지 말고 즐기자

제주 유채밭 성읍

타인을 바꾸려는 것은 우주를 바꾸려는 것이다.
나를 바꾸는 것이 훨씬 쉽다.

제주도 사람들은 제주도를 가지 않는다. 이토록 아름다운 곳을 돈 들여 관광하는 사람들은 여러 시간 비행기 타고 온 여행객뿐이다.

인간의 수명은 神의 영역이다. 다만 건강하고 즐겁게 살려고 하면 연장할 수 있다.

매일 소진되고 있는 사람은 이곳에서 충전해갈 필요가 있다.

사는 대로 생각하며 살고 있다면, 무리해서라도 이런 곳에 와야, 생각하는 대로 살게 된다.

송악산에서 바라본 산방산

이곳에서는 시계가 필요 없다. 시계는 시간을 보기 위해 만든 것이 아닐 것이다. 시간을 만들기 위해 만든 것일지 모른다.

낯선 상황을 맞이하는 즐거움. 익숙하지 않은 위험에 도전하는 즐거움. 생각하기 나름이다.
두렵다면 새로움을 만끽하고 있는 것이다.

여행과 나이는 특별한 관계가 아니다. 용기만 있으면 된다.
여행하다가 중도하차 하지 않기 위해 매일 한 시간 이상 뛰고 걸으면서 체력 단련한다. 외국어 공부도 마찬가지다. 여행의 꿈은 청춘의 꿈이다.

길을 모르면 물으면 그만이고, 길을 잃으면 헤매면 그만이다.
배는 항구에 정박해 있을 때가 가장 안전하다. 하지만 그것이 배가 만들어진 이유는 아니다.
떠나야 한다. 산고를 겪어야 새 생명이 태어난다. 추위를 견뎌야 봄이 더 맛있다.

표선 해수욕장

아름다운 여인의 손길이듯
보드라운 아기의 살결이듯
속살을 드러내고
육감적으로 달려들듯
하얀 백사장이 유혹하는
표선 해변
아직 모래의 모습이 되지 못한
동그란 조약돌이 구르고
멀리서 솔잎 향기가
얼굴을 간지럽힌다
어디에서 시작하여
그리운 백사장을 만들었을까
기쁨과 슬픔이
생각하는 대로 존재한다
맨발로 맨살을 느끼며
사뿐하게 파도에 빠진다

흐를 눈물이 있다면
깨끗이 잊게 해줄 포근한 해변
해변은 남을 씻어주는 한
외롭지 않다고 말한다
행복의 크기는
생각하기 나름임을 생각하며
행불행의 원인은
자신에게 있음을 되새기며
얼마만큼 품고 사는지 크기를 재 보려고
해변에 몸을 적신다

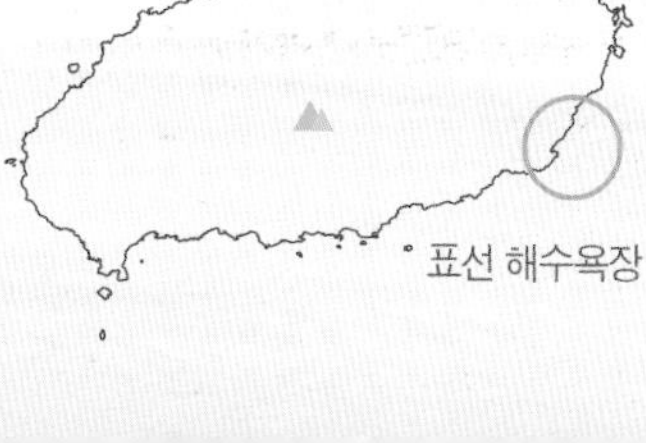

녹산로

행복해지기 위해서는 세 가지가 필요하다.
어리석을 것. 이기적일 것. 건강할 것
나는 어디까지일까?

내가 여행을 즐기는 가장 큰 이유는 소유보다 경험을 사기 위함이다.

돈은 시간을 사는 데 주력해야 행복한 삶을 살게 된다.

여행의 경험은 더 나은 작품을 만들어내는 힘이 있다.

새롭고 낯선 환경을 의도적으로 접하려는 노력의 대가가 예술을 남긴다.

지친 심신을 달래줄 한 방은 여행이다.

누군가에게 위로받고 싶은 순간 무엇으로 위안을 얻을까

해결점은 그 상황과 장소에서 떠나 있어야 한다. 낯선 여행지로 시공을 초월하여 떠날 때 나를 찾을 수 있다.

법환동에서 바라본 범섬

익숙한 현실에 모든 것을 낯설게 하는 곳. 삶의 목마름으로부터 벗어나는 일탈. 이곳이 바로 이런 곳이 아닐까.

이곳에서는 속도경쟁이 없다. 걷는 것에 목숨 걸지 않는다. 그저 즐기며 걸을 뿐이다.

섭지코지 앞 해변

인생이 모두 길을 찾는 일이듯

여기서는

길을 잃어도 문제가 없다

송양의 시집 《제주도》, 시 〈올레 4코스〉 중에서

제주 올레 코스 - 26코스 425km

1코스 - 시흥 ~ 광치기 올레 / 15.1km, 4~5시간
1-1코스 - 우도 올레 / 11.3km, 4~5시간
2코스 - 광치기 ~ 온평 올레 / 15.2km, 4~5시간
3코스 - 온평 ~ 표선 올레 / 20.9km, 6~7시간
4코스 - 표선 ~ 남원 올레 / 19km, 5~6시간
5코스 - 남원 ~ 쇠소깍 올레 / 13.4km, 4~5시간
6코스 - 쇠소깍 ~ 서귀포 올레 / 11km, 3~4시간
7코스 - 서귀포 ~ 월평 올레 / 17.6km, 5~6시간
7-1코스 - 서귀포터미널 ~ 서귀포 올레 / 15.7km, 4~5시간
8코스 - 월평 ~ 대평 올레 / 19.6km, 5~6시간
9코스 - 대평 ~ 화순 올레 / 6.7km, 3~4시간
10코스 - 화순 ~ 모슬포 올레 / 15.6km, 5~6시간
10-1코스 - 가파도 올레 / 4.2km, 1~2시간
11코스 - 모슬포 ~ 무릉 올레 / 17.3km, 5~6시간
12코스 - 무릉 ~ 용수 올레 / 17.5km, 5~6시간
13코스 - 용수 ~ 저지 올레 / 15.9km, 4~5시간
14코스 - 저지 ~ 한림 올레 / 19.1km, 6~7시간
14-1코스 - 저지 ~ 서광 올레 / 9.3km, 3~4시간
15코스 - 한림 ~ 고내 올레 / 16.5km, 5~6시간
16코스 - 고내 ~ 광령 올레 / 15.8km, 5~6시간
17코스 - 광령 ~ 제주원도심 올레 / 18.1km, 6~7시간
18코스 - 제주원도심 ~ 조천 올레 / 19.7km, 6~7시간
18-1코스 - 추자도 올레 / 18.2km, 6~8시간
19코스 - 조천 ~ 김녕 올레 / 19.4km, 6~7시간
20코스 - 김녕 ~ 하도 올레 / 17.6km, 5~6시간
21코스 - 하도 ~ 종달 올레 / 11.3km, 3~4시간

자식들은 이제 자주 찾아오지 않는다.
나와 아내에게 환심을 살 이유가 없어졌기 때문이다.
아들 손자 손녀가 그립다. 무엇을 해달라는 것이 아니다. 가족의 온기가 그립다. 나이 먹고 늙으면 더 그럴까?

여행은 새로운 풍경을 보는 것보다 새로운 눈을 가지게 됨을 알 수 있다.

불편함을 감수해야 선택의 폭이 넓어진다.

여행하는 순간만이라도 복잡한 집안 일 등은 잊고 지내자. 마음 챙김을 통해 여행의 매 순간을 즐기기만 하자. 이것이 여행의 꿀 팁 첫째다.

나이 들수록 익어가고 싶으면 가슴 뛰는 삶을 포기하지 말아야한다.

편안함. 풍족함과 거래할수록 숨어있는 축복을 찾을 가능성이 희박해진다.

다른 사람들의 이기적 욕심에서 벗어나자. 가족일수록 더 그렇다.
나부터 사랑할 줄 알아야 남을 사랑할 줄 안다. 내가 행복해야 가족들도 행복하다.

해봤어? 맞는 말이다. 무조건 부딪혀보자. 열려고 하지 않으면 열리지 않는다.

내 몸이 원하는 대로 해보자. 꿈이 무엇인지 생각해보자. 꿈을 성장시키자.

꿈의 목록이 길수록 인생은 매혹적이 된다.

남들과 대화하는 것보다 우선시해야 할 것은 자신과 대화하는 것이다.

자신만의 시간을 내자. 자신에게 집중하고 하루에 몇십 분이라도 자신과 대화할 때 삶의 주인공이 될 수 있다. 자기 인생의 리더는 자신이 되자.

열심히 일한 당신 떠나라! 라는 말이 있다. 가끔은 떠나주는 그것이 필요하다.

표선 성읍리 메밀밭

여행할 자격이 있게끔 살아야 한다. 무조건 떠나보자. 나중에 부자 되면, 나중에 시간이 나면, 나중에 신경 쓸 일이 없어지면 하다가는 못 간다. 그럴수록 후회할 삶이 늘어날 뿐이다.

낯선 일상을 매일 본다는 것은 얼마나 설레는 일인가. 일상으로부터의 해방만으로도 행복한데 세상 끝에 서 있다는 것은 더욱 달콤한 것이다.

내 몸을 내가 결정하는 삶이 자유로운 삶이다. 그것은 용기 있는 삶이다. 여행처럼.

나 자신을 사랑해야 한다면서 나 자신에게 상처를 주어도 되는 관계는 없다. 허락하는 삶은 노예뿐이다.

기본적으로 자기 자신을 별로 챙기지 않는 사람은 여행도 챙기지 않는다.

지금 하는 일이 후회만 남긴다는 걸 알면서도 끊어내지 못한다면 실패한 인생으로 살면 된다.

상대가 내 눈빛만 보고도 원하는 것을 알아채고 들어주기를 바란다면 헛살고 있는 것이다. 그런 것은 집착이거나 중독이지 사랑이 아니다. 내가 직접 해야 내 것이 된다. 여행처럼.

시공간을 초월한 여행자처럼 그냥 멍한 느낌이다. 어떤 행동도 취하지 못한다. 아름다움에 푹 빠져있다. 입을 다물 수 없다. 옆에 있는 사람도 동상처럼 서 있다.

아름다운 곳을 아름답게 보면 나도 아름다운 사람이 된다.

세상에 없는 이국적인 매력이다. 낯선 조합의 산물이 설렘을 멈추지 못하게 한다.

외돌개

바닷가에 제 홀로 우뚝 솟아 있다
혼자 외롭게 서 있다 해서 외돌개
용암 기둥은
바다 위에 무엇을 만들다가 갔을까
황홀한 비경에 취해 말을 잊게 만든다
옆에 있는 황우지는 천연해수풀장
믿기지 않을 정도로 맑고 파랑이다
숨어 있는 절경에서 스노클링하다가
송림 그늘에서 외돌개 바라보면 또 감탄
한 폭의 수채화도 이렇지는 않을 것
하얗게 파도가 바위를 친다
물보라가 장관을 이루며 사라지는 곳에
발길을 붙잡고 탄성을 질러댄다
누가 더 푸른지 내기하는
하늘과 바다
그 사이에서 호흡하고 있다면
압도적인 유혹으로
시간을 멈추게 하는 외돌개는
외롭지 않은
이유를 알게 하고도 충분하다

현재 Present는 또 다른 이름의 선물 Present이다

다음은 아무도 모른다. 지금 당장 원하는 일을 하자. 선물은 열지 않으면 아무 소용없다. 지나고 나면 생이 너무 짧다. 선물을 소중히 해야 한다. 별생각 없이 살아서 스스로를 사랑하지 못한 것이다.

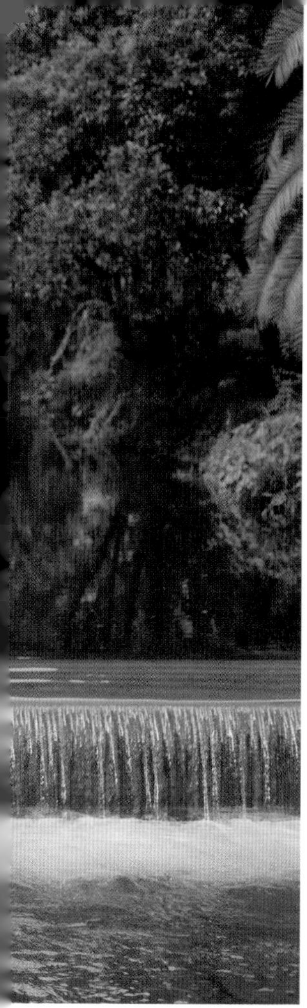

순간순간이 모여 하루가 되고 하루가 모여 인생이 된다.

하루가 만족으로 채워지지 않는다면 인생에서 하루를 빼야 한다.

내가 나를 아껴주어야 세상도 나를 귀하게 여긴다.

나 자신에게 좋은 사람이 되자, 나에게 맛있는 것 사주고 이렇게 경치 좋은 곳으로 데려다주자. 나를 사랑한다면 가끔은 나를 위한 소박한 사치를 허락하자.

비가 온다. 구름이 슬퍼서 우는 모양이다 구름처럼 울어서 이겨내는 방법도 있다.

다른 사람에게 내 인생의 결정권을 내어주면 나는 내 삶의 주인을 잃게 된다.
내가 선택하고 내가 결정하자.

싼 것을 주문하고 후회하느니 만족하고 아쉬움을 없애겠다.
짧은 인생 아닌가?

● 올레 7코스에서 바라본 한라산

햇볕을 쪼이며 걷는다. 파란 바다가 한눈에 들어온다. 행복감을 느끼게 하는 신경전달물인 세로토닌 호르몬이 분비된다. 세상 걱정 하나도 없다. 안정된 마음에 행복감만 넘친다.

그동안 열심히 살았으니 게으른 하루를 나에게 선물하자.
천국을 미리 체험해보자. 이곳이 연습 장소다. 행복한 마음을 자주 연습할 필요가 있다.

머리보다 가슴이 더 지혜롭다. 생각을 멈추고 가슴이 원하는 쪽으로 결정하자. 생각이 많으면 하고 싶은 것 못한다. 그냥 가슴이 시키는 대로 해버리면 된다.

올레 4코스 - 표선 바다

이것저것 재다 보면 아무것도 못 한다. 나를 믿고 내 느낌대로 밀어붙인다.

인생은 기다리는 것이 아니다. 언젠가 하겠다고 마음먹은 것, 생각났을 때 바로 하자.

가지지 못한 것에 집중하느냐, 가지고 있는 것에 집중하느냐?

결핍으로 사느냐, 감사함으로 사느냐?

행복한 인생의 결정은 본인 몫이다.

내 자유를 돈으로 팔지 말자. 돈보다는 더 귀중한 것이 자유다.

행동하지 않으면 달라질 수 없다. 낯선 선택이 낯선 기회를 이끄는 법이다.

새로운 환경에 영향받도록 자신을 만드는 것이 꿈에 접근하는 첫 발걸음이다.

"다들 그렇게 생각하던데, 다들 그렇게 행동하던데…"의 세상을 벗어나 보자.

다른 세상, 다른 사람들의 세상이 더 넓고 많다는 것을 알게 된다.

이제부터는 내가 원하는 삶을 살아야 한다. 어떤 사람으로 될 것인가 보다는 어떤 사람으로 떠날 것인지 물어야 한다. 나이 들어서도 내가 하고픈 일을 할 수 없이 살 것인가?

많은 사람은 자유, 돈, 시간을 모두 가지고 있지 않다. 단점인 것이다.
보다 나은 삶을 살려면 위험을 감수해야 한다. 용기를 내어 도전하면 그다음에는 자신감이 생긴다. 여행은 충실한 삶을 살기 위한 터닝 포인트가 되는 것이다.

무모함이 필요하다. 과감하게 도전하는 용기가 필요하다. 낯선 여행지로 무모한 도전이 내면의 욕구를 식지 않게 한다.

새별 오름

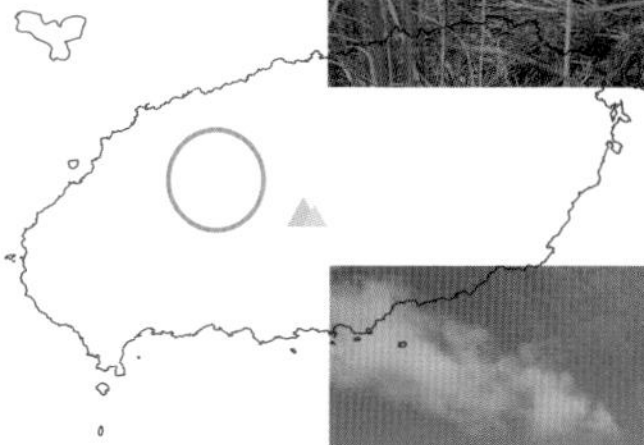

새별오름에서 바라본 에버리스

나 스스로를 칭찬할 만한 지금을 살고 있는가 물으며 살자.
명예, 재산은 늙어가는 마당에서 소용이 없다.
멋진 세상을 보고 떠날 수 있는 것이 더 중요하다.
자신에게 선물하고 있다면, 여행, 독서, 산책, 하이킹 등 무엇이라도 좋다.

누구나 언젠가 죽는다. 살아있는 동안에만 시간을 쓸 수 있다.
지금, 이 순간밖에 없다. 가장 완벽한 지금, 이 순간을 놓치지 말자.
나중에, 바빴다고, 누구 때문이었다고, 무엇 때문이었다고 해봐야 무슨 소용 있겠는가?

올레 10번 코스 해변

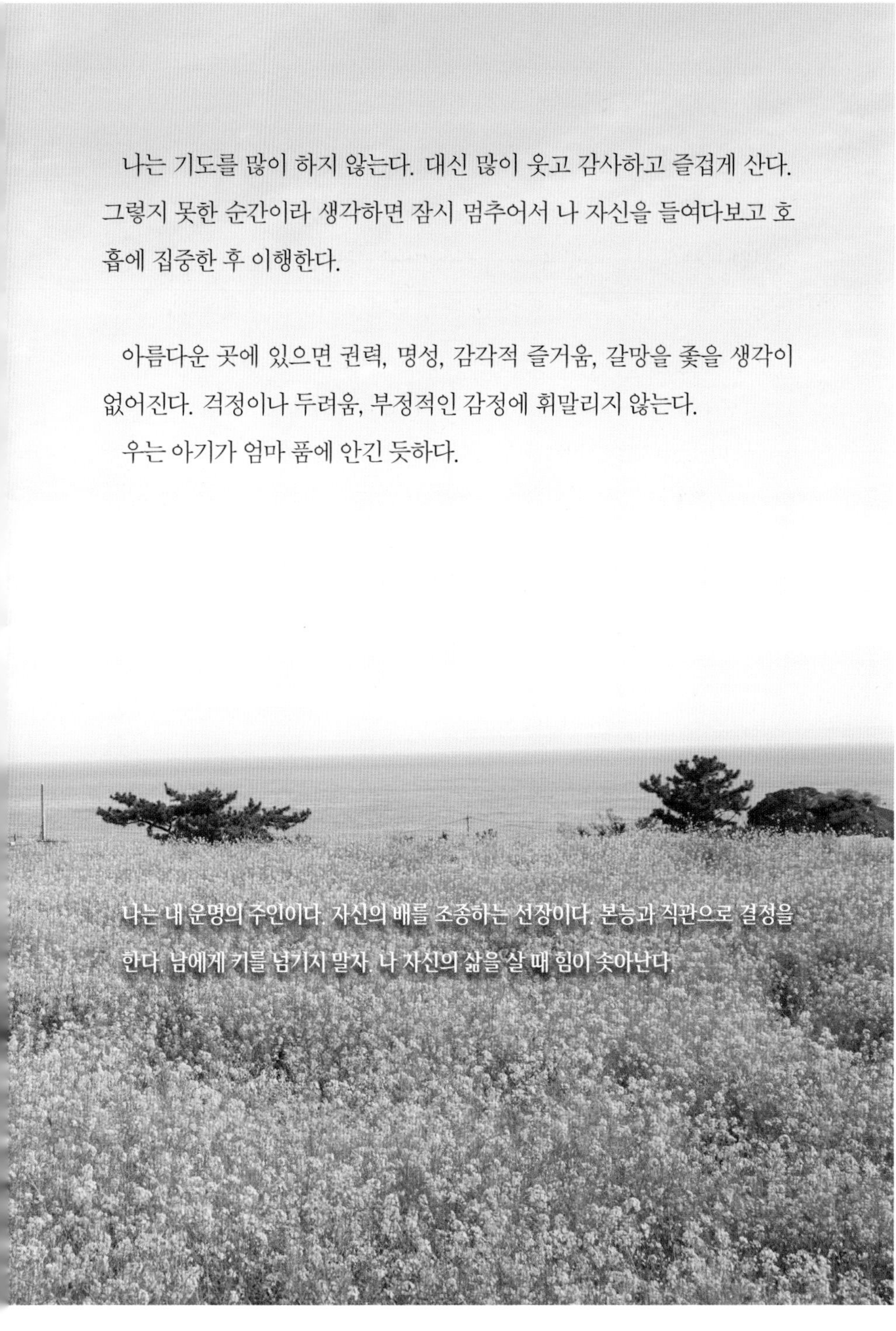

나는 기도를 많이 하지 않는다. 대신 많이 웃고 감사하고 즐겁게 산다. 그렇지 못한 순간이라 생각하면 잠시 멈추어서 나 자신을 들여다보고 호흡에 집중한 후 이행한다.

아름다운 곳에 있으면 권력, 명성, 감각적 즐거움, 갈망을 좇을 생각이 없어진다. 걱정이나 두려움, 부정적인 감정에 휘말리지 않는다.

우는 아기가 엄마 품에 안긴 듯하다.

나는 내 운명의 주인이다. 자신의 배를 조종하는 선장이다. 본능과 직관으로 결정을 한다. 남에게 키를 넘기지 말자. 나 자신의 삶을 살 때 힘이 솟아난다.

1. 제주 봄 - 성산 유채밭

2. 제주 여름 - 엉또 폭포

3. 제주 가을 - 올레19번 코스 앞 도로

● 4. 제주 겨울 - 올레 7-1 코스에서 바라본 한라산

내가 재산 등 원하는 것을 얼마나 차지하고 있느냐 보다는, 내가 지금 원하는 것을 얼마나 누리고 있느냐로 자신을 평가해야 한다.

지난 일로 상처받고 미워한다면 앞으로 계속 나아갈 수 없다.

일어났던 일은 이미 지나갔고 바꿀 수 없다.

분노에서조차 자유로워질 때 자유로운 성장이 된다.

아모르파티 Amor fati 즉 "운명을 사랑하라"

주어진 운명에 순응해야지만 새로운 운명으로 놓아놓고 운명을 사랑할 수 있다.

감사라는 말이 절로 나오는 삶은 어느 정도 만들 수 있다.

나이 들수록 내 몸에 고마움을 느낀다. 천국의 정원에 온 것을 감사하고 또 감사하게 생각한다.

도전은 근육처럼 많이 쓸수록 더 강해진다. 여행의 용기도 그렇다.

삶이 기쁨과 의미로 채워지게 사는 법은 내려놓고 비우면 된다.

바쁘게 사는 것이 시간을 효율적으로 이용한다고 생각하면 실수다. 잡동사니 같은 일에 시달리지 않는가? 핑계대고 있는가?

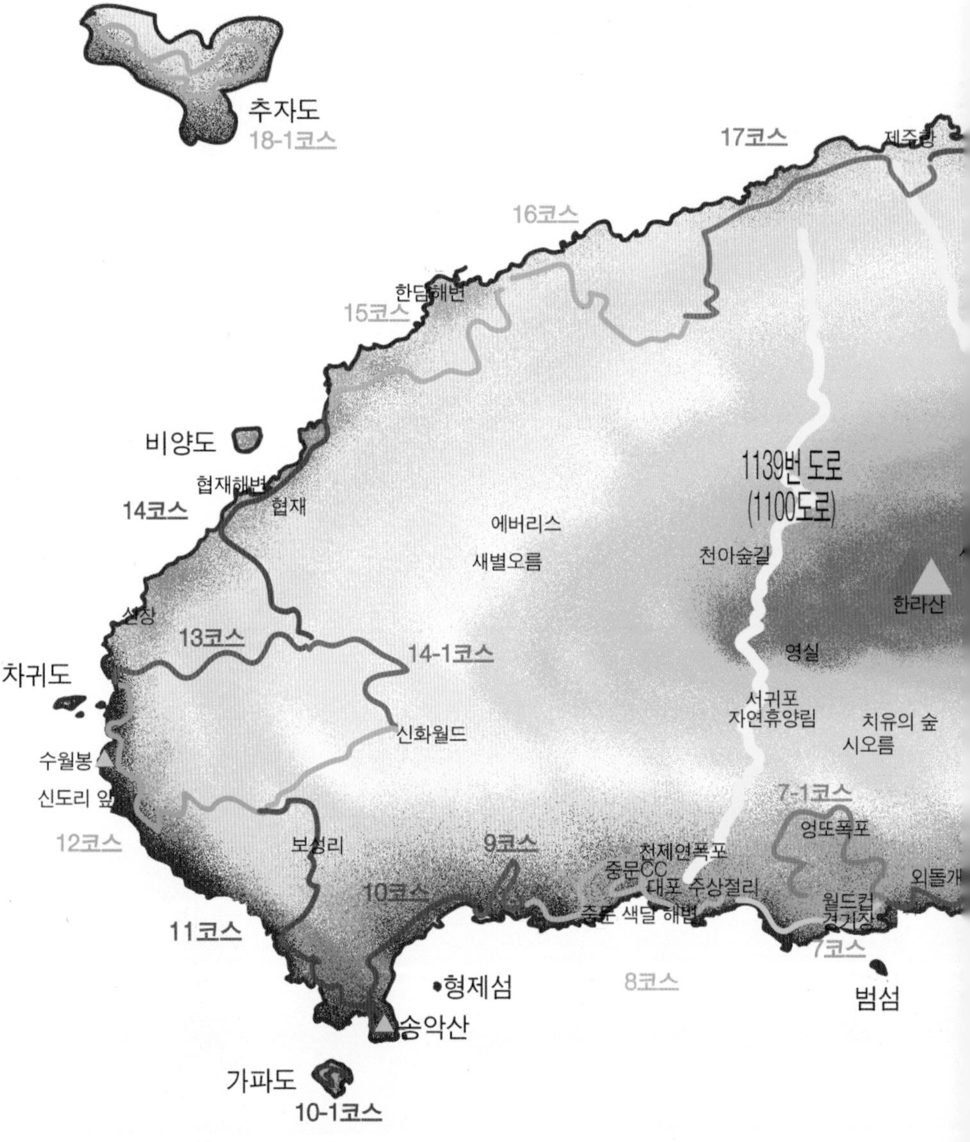
추자도
18-1코스
17코스
제주항
16코스
한담해변
15코스
비양도
협재해변
협재
14코스
1139번 도로
(1100도로)
에버리스
새별오름
천아숲길
한라산
선창
13코스
14-1코스
영실
차귀도
서귀포
자연휴양림
치유의 숲
시오름
신화월드
수월봉
신도리 앞
7-1코스
12코스
보성리
9코스
엉또폭포
천제연폭포
중문CC
대포 주상절리
외돌개
10코스
중문 색달 해변
월드컵
경기장
11코스
7코스
형제섬
8코스
범섬
송악산
가파도
10-1코스
마라도

19 코스
20 코스
함덕해변
21 코스
우도 1-1 코스
검멀레
비자림
1코스
송당리
비밀의 숲
안돌오름
유채밭
(성산)
성산일출봉
섭지코지
보롬왓
메밀밭
2코스
녹산로
따라비
오름
유채밭
(성읍)
3코스
머체왓
표선
4코스
동백낭
5코스
지귀도

걸으며… 생각이 머무는 곳

가장 멋진 내가 되는 것은 그런 착각에서 벗어나는 것이다.

무엇에 쫓기듯 살았을까? 불안 걱정……. 지금의 무료함이 좋다. 아주 좋다.

이곳에서 나는 여행객이 아니다. 내가 그냥 되고 싶은 바다다. 머물고 있는 푸른 바다다.

스스로 빠져들게 한다. 가슴에 파랑 물감을 타 놓은 것처럼 함께 물들어간다.

바다가 나를 유혹한다. 아니다, 오라고 손짓한다. 거절할 명분이 없다. 바다에 들어가는 것이 아니라 바다가 나를 부르기에 가는 것이다. 바다와 하나가 된다.

하얀 바다다. 아니다, 파란 물감이다. 점점 더 짙푸르더니 하늘과 만난다. 모든 푸름이 가득하다.

예래 생태공원

송악산

세상의 끝에 도달한 듯 풍경이 아찔한 곳
믿지 못할 비경이 눈앞에 펼쳐지고
숨은 보석 같은 송악산 둘레길로 오르면
해안선 따라 절벽의 풍광에 걸을수록 탄성이 난다
비현실적인 조화는 이곳만의 작품
파란 하늘과 청록색 바다를 배경으로 겹겹이 등장한다
초현실적 풍광이 화성에 온 느낌
이곳은 산이 아니다
해송 삼림욕장이다
솔향기 그윽해서 취해서 걷다 보면 넋을 잃을 정도
숲이 아니다, 산소공장에 들어섰다
삼림욕을 하다 보면 별천지 속에서 숨 쉬는 듯
이곳은 트레킹 코스가 아니다
천상의 길 위에 서 있는 것이다
기암절벽이 늘어선 해안선을 따라
짜릿하고 화끈한 제주도의 속살 체험장이다
해변은 관광객들의 성지다
낙원이라는 찬사조차 진부하다

수식어가 필요 없는 곳
그냥 송악산으로 충분하다
시원한 숲길을 따라 걷는 내내 지저귀는 새들의 영롱한 울림
하늘빛 바다와 절벽이 환상적인 그림을 그려낸다
가슴 설레는 색다른 트레킹을 원한다면 당연 송악산

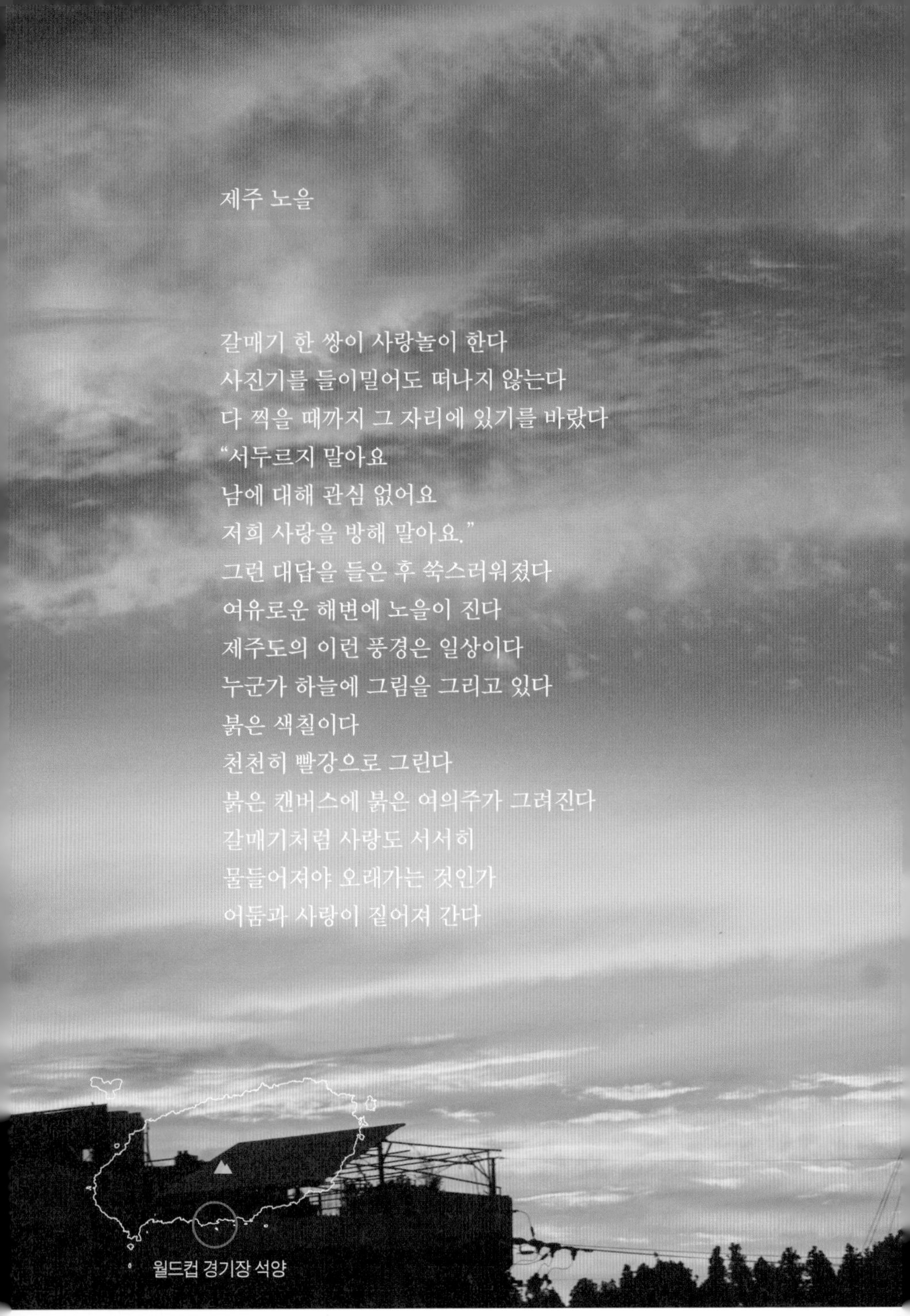

제주 노을

갈매기 한 쌍이 사랑놀이 한다
사진기를 들이밀어도 떠나지 않는다
다 찍을 때까지 그 자리에 있기를 바랐다
"서두르지 말아요
남에 대해 관심 없어요
저희 사랑을 방해 말아요."
그런 대답을 들은 후 쑥스러워졌다
여유로운 해변에 노을이 진다
제주도의 이런 풍경은 일상이다
누군가 하늘에 그림을 그리고 있다
붉은 색칠이다
천천히 빨강으로 그린다
붉은 캔버스에 붉은 여의주가 그려진다
갈매기처럼 사랑도 서서히
물들어져야 오래가는 것인가
어둠과 사랑이 짙어져 간다

월드컵 경기장 석양

석양이 아름다운 것은 내일 다시 태양이 떠오른다는 까닭이다.

PART II

마음 챙김

치유의 숲

시오름 치유의 숲

여긴 빈 마음을 보는 곳
진정한 무소유가 무엇인지
빈 몸을 느끼는 곳
외롭고 쓸쓸해 보이는 곳인데
기쁨과 감사가 넘치는 곳
다시 살아야 함을 알게 하는 곳
사랑도
비웠을 때 찾아옴을 깨닫게 하는 곳
흔들리는 나무처럼
두둥실 떠가며 흐뭇해진다
치유의 숲에 놓인
편백나무 평상에 누워
맛있는 낮잠을 즐기듯
평안함을 누린다
여행이란 검은색을 걷어내고
꿈에 바짝 다가서는 것
여행이란
삶으로의 떠남이라는 것을
각인시키는 곳
세상을 떠나
편백나무 벤치에서 하늘을 본다
시오름 중턱에 마련된 치유의 숲
조금만 보여주는
하늘을 바라보며 통증이 가신다

나는 머리가 좋은 편이 아니다. 좋은 집안도 아니고 재능도 평범하다. 재산도 환경도 좋은 편이 아니다. 그런데 여행기 등 단독 저서가 38권 이상이다. 세계 150개국을 여행했다. 남들은 나보고 집념이 강하다고 한다. 그렇다. 무식하면 용기가 생긴다. 무쏘의 뿔처럼 밀고 간다. 스스로 도전하고 넘어지면 다시 일어난다. 똑똑한 사람은 못 된다. 내가 좋아하는 일을 조건 없이 하고 있을 뿐이다. 죽기밖에 더하겠어! 다짐하면서 이것저것 재지 않고 도전하는 노력자라는 말이 맞을 것이다

하고자 하는 일이 불가능해 보여도 포기할 생각을 하지 않는다. 바보스러운 열정을 지속하다 보면 꿈이 하나씩 이루어지는 것을 알게 되었다

나는 운동소질이 없다. 체력도 약하다. 하지만 내부에 있는 잠재력을 시험해보고자 발휘하는 행동은 참지 않는다. 그러다 보니 골프스코어 언더파까지 기록 달성해보았다.

나는 재능이 없다. 그래서 노력에 목숨을 건다. 노력으로 익히도록 더 많은 시간을 투자한다. 실패하고 실망한다. 다만 포기하지 않는다.

여행도 마찬가지다. 버킷리스트에 목적지를 써놓고 자주 읽어 본다. 열정에는 끈기가 필요하다는데 식을까 봐 무관심하지 않은 것이다.

그러다 보면 도전이 성공한 적이 더 많다.

건강을 위한 긍정적인 암시를 반복한다.

나는 건강을 위한 선택을 한다. 나는 건강을 개선할 수 있는 새로운 방법을 계속 찾아낸다.

즐거운 생각으로 머리를 채우는 것은 건강으로 가는 지름길이다.

나는 스트레스가 곧 두려움임을 안다. 이제 나는 모든 두려움을 배출한다.

나는 나 자신이 하루 동안 생기는 모든 문제에 대처할 수 있다고 믿는다.

나는 행복을 누릴 자격이 있다. 지금 하는 일에서 재미를 느낄 자격이 있다.

쉬어도 피곤이 풀리지 않는 이유를 찾았다.

최고의 휴식을 하지 않는 까닭이다.

이곳은 몸이 하늘을 날 듯 가볍게 한다. 피곤함이라는 단어는 이곳에서는 불필요한 말이다. 호흡하는 공기에 에너지가 가득하다. 스스로의 호흡에 감각을 느낀다. 공기를 마실수록 배가 들어 올려지며 만족감에 취한다.

무기력과 산만함으로 지쳤던 뇌가 호흡한다.

걷기 명상하지 않고 바라만 보아도 천국 체험장에 있는듯하다. 피로감이라는 현상은 자취를 감추었다.

멋진 자연, 아름다운 경험, 전환의식이 건강을 만드는 모양이다.

무엇을 할 것인가로 살았다. 어떻게 존재할 것인가로 살아야겠다.

항상 무언가를 해야 하는 생각으로 살다가 어떻게 존재할까로 바꾸는 계기가 되었다. 이번 여행은 그래서 기쁘다.

내 몸이고 내 인생인데 내 뜻대로 살지 못하고 남의 말에 이끌려 살면 내가 지고 사는 것이다.

남에게 보여주려고 예쁘게 하려고 투자했던 돈과 시간을 다른 곳에 썼다면 얼마나 좋았을까? 지금 현재처럼.

안돌 오름 입구

오설록

두렵다고 힘들다고 피하기만 한다면, 원하는 것을 얻지 못하거나 가장 늦게 얻을지 모른다.

반려견은 가족의 행복만을 바라며 산다. 나의 행복은 여행할 때 최고가 된다. 해외여행을 자주 하는 사람은 개를 키우기 어렵다. 누군가를 수십 일씩 자주 혼자 기다리게 하는 일은 괴롭힘이다. 반려견에게 불행을 주며 웃기에는 내가 아직 익숙하지 않다.

나는 개를 키우면 안 된다. 온 세상에 사랑해야 할 존재가 주인 하나뿐인 것처럼 하는데 나는 사람처럼 존중하며 키울 수 없다. 보호자를 향해 온 마음을 다하는 개처럼 할 수 없다.

그러한 노력이면 나는 사람을 사랑하고 싶다. 나의 안정을 위해 개를 이용하기 싫다. 개를 위해 투자하는 시간, 노력, 돈을 사람에게 하고 싶은 마음이 지금은 더 진하다.

시간을 공유해야 사랑이다.

내 시간을 주는 것이 사랑이다.

상대에게 귀중한 시간을 건네주지 않으면서 사랑을 논하지 말자.

상대방의 문턱을 넘어가며 원하는 것을 해줄 수 있는가? 거울을 보며 물어보자. 사랑을 하며 살아가는 삶인가?

서로의 차이를 맞추려 말고 서로의 차이를 이해하기 위해 노력하는 것이 사랑이다.

꽃이 예쁘다. 이곳이어서 더 예쁜 것일까? 한 송이 꺾어 집의 화병에 놓으면 다르게 보일 것이다.

나는 살고 싶다. 살고 싶어서 사랑하려고 한다.

소중한 것일수록 뒤로 물러나 떨어져서 바라봐야 그 가치를 알아채게 한다.

그리운 기억을 호출하려면 그리운 추억을 떠올리도록 많이 만들어 놓아야 맛난 미래가 있다.

바빠서, 시간 없어서, 무엇이 없어서라는 것들에 지면서 살고 싶지 않다

말을 내뱉은 사람에게 연어가 헤엄쳐 회귀하듯 다시 돌아온다.

좋은 말만 하기에도 생은 짧다.

살면서 화가 나거나 걱정거리가 있을 때는 무작정 걷는다. 감정이 스르륵 가라앉는다.

이곳에서는 분노, 근심도 없다. 새가 되어 날 듯 걸어본다.

본인이 자신 있으면 억지로 꾸밀 필요가 없다. 옷, 자동차, 명품, 보석……. 가짜는 필요 이상으로 화려하려 든다.

여행은 Tour이다.

돌다가 돌아온다. 출발지로 되돌아와야 여행이다

좋은 구두는 당신을 좋은 곳으로 데려다준다. 구두회사 광고다.

나를 좋은 곳으로 데려다주는 것은 용기뿐이었다

우도
절물오름
다랑쉬오름
거문오름
성산일출봉
산굼부리
아부오름
용눈이오름
물찻오름
물영아리
봉
제지기오름
섶섬
지귀도

제주 오름

나는 글 쓰는 사람이다. 글쓰기 위해 여행하고 쉬고 책상을 벗어난다.
글쓰기 위해 글을 쓰지 않는 시간을 가능한 한 많이 만든다.
글쓰기 위해 생각하고 수집하고 아이디어 짜내야 달라진다.

책은 글의 숲이다. 기억이 흘러내리기 전에 써야 한다. 단어가 생각나지 않거나 지명, 이름이 안개처럼 자욱하기 전에 써야 한다. 그러므로 더 나이 들기 전에 여행해야 한다.

햇살에 달궈진 돌이 따뜻하다. 온종일 데워진 내 마음도 행복으로 부풀어 오른다. 온기를 지니고 미소 머금는다.

노래도 골프도 힘을 빼야 한다. 지금처럼 힘 빼도 괜찮다

돈은 바닷물과 같아서 마시면 마실수록 갈증을 일으킨다.
욕심도 매한가지다. 마음만 먹으면 언제든지 벗어날 수 있을 것으로 본다. 그러나 욕심의 번식력은 바이러스처럼 쉽게 사라지지 않는다.
갑자기 나타나 빠르게 번진다. 내려놓으면 참 편한데 인생의 한복판에 앉혀놓고 괴로워한다. 지금 아주 평안하다. 해보았으니 안다.

나를 타인과 구분 짓는다. 후회의 말을 뱉지 않는다. 내가 살아있다는 사실을 확인한다. 山을 오르는 것을 통하여 나를 증명한다.

잘 듣자. 대부분의 후회는 말하는 데서 비롯된다.

말을 많이 해야 타인에게 인정받을 거라는 믿음은 착각이다. 삶의 지혜는 경청이다.

풍경을 본다. 보는 것이 아니라 가슴에 새긴다.

여행의 욕망은 유전자 안에 심어져 있다. 여행에 대한 욕구를 억누른 채 살아갈 뿐이다. 인간의 본능을 참으며 아프게 산다는 것은 슬프다. 가까운 곳이라도 용기를 내어 떠나보자.

여행은 새로운 풍경을 보는 것보다 새로운 눈을 갖게 한다.

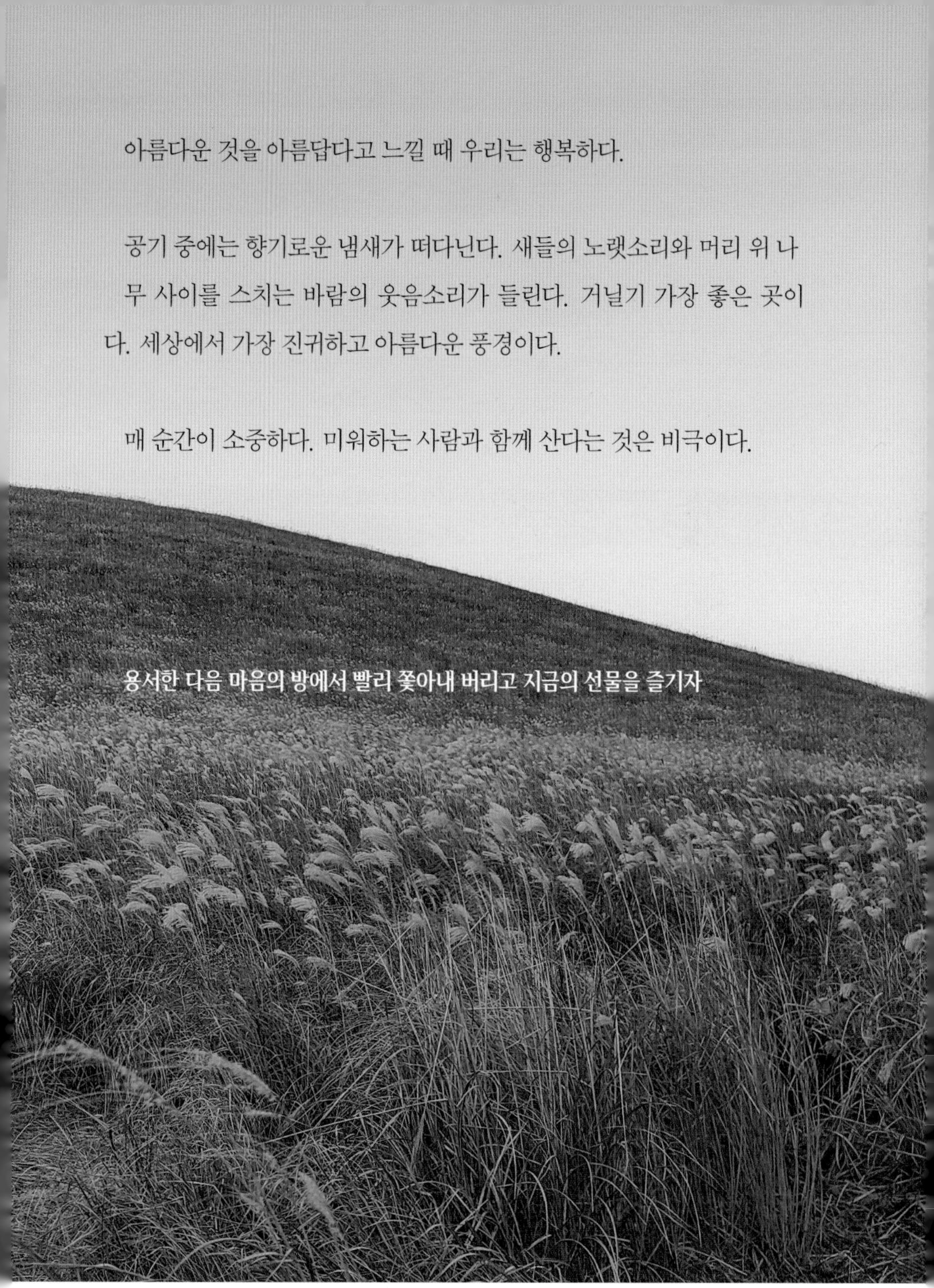

아름다운 것을 아름답다고 느낄 때 우리는 행복하다.

공기 중에는 향기로운 냄새가 떠다닌다. 새들의 노랫소리와 머리 위 나무 사이를 스치는 바람의 웃음소리가 들린다. 거닐기 가장 좋은 곳이다. 세상에서 가장 진귀하고 아름다운 풍경이다.

매 순간이 소중하다. 미워하는 사람과 함께 산다는 것은 비극이다.

용서한 다음 마음의 방에서 빨리 쫓아내 버리고 지금의 선물을 즐기자

새별 오름

새별오름

별처럼 아름다워 새별오름인가
별의 모양과 닮아서 새별오름인가
저녁 하늘의 샛별같이 외롭게 서있어 새별오름인가
평화로운 들판에 우뚝 서 있는 부드러운 오름
10월 억새풀이 만개했을 때 새별오름은
하얀 나비인가 흰 꽃들이 만개했는가
10월 한 달을 위해 새별오름은 평원에서 기다렸나 보다
온 산이 하얀 오로라처럼 춤을 추는 오름
10월은 새별오름에 올라야 가을을 말할 수 있다
이달봉과 촛대봉은 능선으로 팔베개하고 사랑을 속삭이지만
새별오름은 이름처럼 별이 되고 싶어서인지
들불 축제 때는 하늘로 붉디붉은 날개를 편다
온 산을 불태우는 화염 속에서 승천하는 새별오름
온갖 상념 태워 날려 보내면 새로워진다며
하양도 빨강도 칠흑처럼 검은 자국만 남기고
새날을 또 다시 기약하는 별이 되어 나타나는 새별오름

이곳이 세상에서 가장 별이 많은 곳이라고 한다. 밤에는 하늘에 낮에는 땅에 꽃을 만든다.

자연과 내 영혼이 함께 한다. 영원히 머물고 싶다.

나무를 감싸 안으니 아주 오랜 연인 같다.

● 강정동에 바라본 한라산 야경

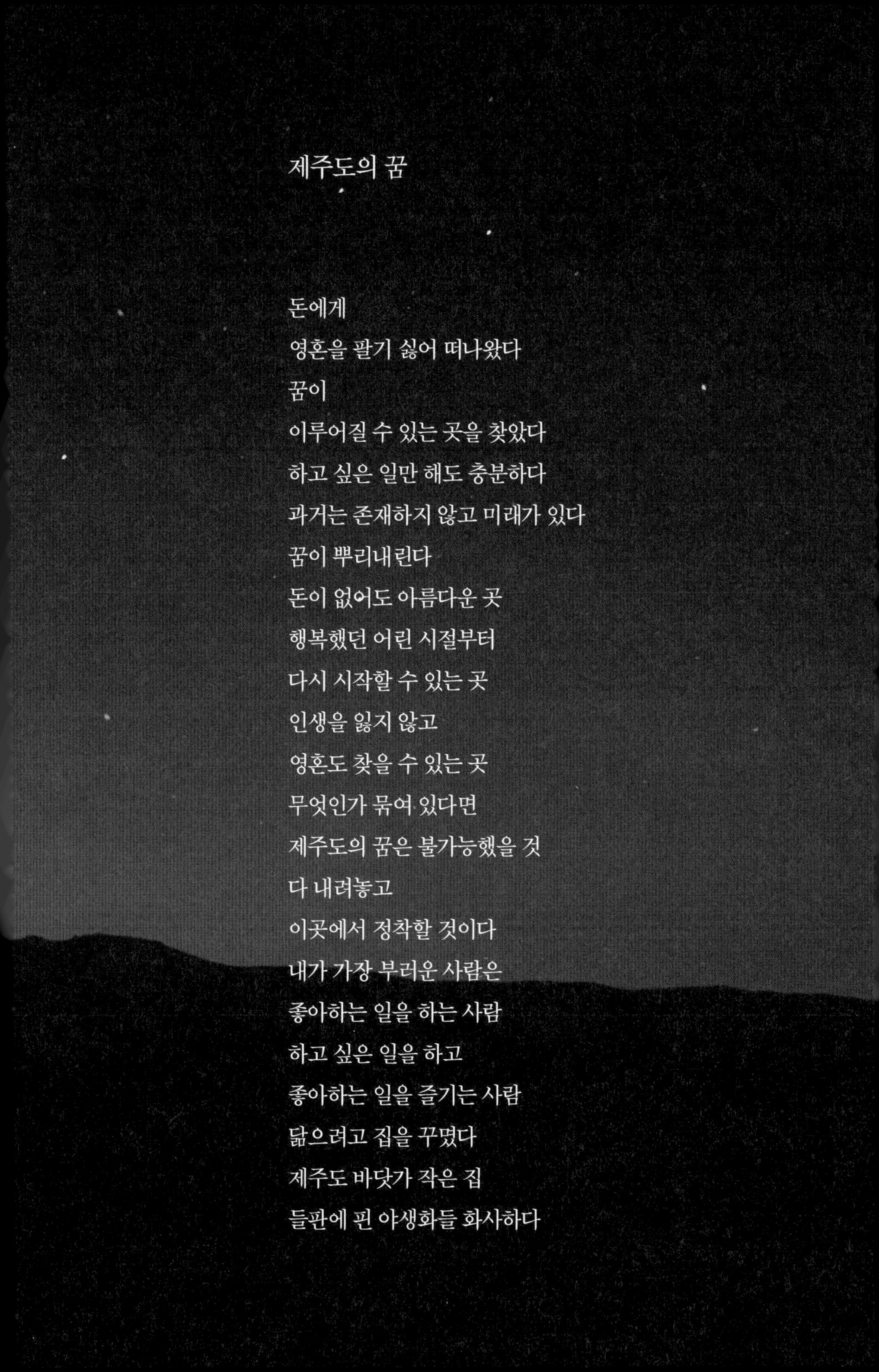

제주도의 꿈

돈에게
영혼을 팔기 싫어 떠나왔다
꿈이
이루어질 수 있는 곳을 찾았다
하고 싶은 일만 해도 충분하다
과거는 존재하지 않고 미래가 있다
꿈이 뿌리내린다
돈이 없어도 아름다운 곳
행복했던 어린 시절부터
다시 시작할 수 있는 곳
인생을 잃지 않고
영혼도 찾을 수 있는 곳
무엇인가 묶여 있다면
제주도의 꿈은 불가능했을 것
다 내려놓고
이곳에서 정착할 것이다
내가 가장 부러운 사람은
좋아하는 일을 하는 사람
하고 싶은 일을 하고
좋아하는 일을 즐기는 사람
닮으려고 집을 꾸몄다
제주도 바닷가 작은 집
들판에 핀 야생화들 화사하다

새연교

올레 6코스

쇠소깍에서 제주 올레 여행자센터까지 해안 코스
쇠소깍의
짙은 녹색 물빛은 몽연하게 하고
무한의 상상력에 몸과 마음이 뜬다
이 길을 갈 때마다
특징적인 것이 있다
설레지 않으면
아무것도 아니라는 것
설레지 않으면
의미 없는 시간이라는 것이다
올레길을 걷는다
마주하지 못한 길들이
설렘으로 다가온다
첫사랑의 연인을 만나듯 걷는다
이루어지지 않을 첫사랑이라지만
결코 영원히
내려놓지 못하는 것처럼
설렘을 갖고 걷는다
설렘이 없다면 걷기나 할까
제주도의 올레길은
처음부터 끝까지 두근거린다
파도가 친다
솔바람이 분다
어디선가 북소리가 들린다
설렘의 가슴에서

방망이질이 가시지 않는다
스쳐가는 인연들을
모두 보지는 않지만
보지 않아도
믿을 수 있고 그릴 수 있다
아름다운 풍경이
내 넋을 빼앗아 갈지도 모르지만
보지 않은 상상으로도
더 행복할 수 있다
보지 못했어도
생각하는 만큼 아름다우리라
나는 걷는다
진정한 행복을 누리며 걷는다

서귀포 70리 바다의
진면목을 걷는 길
이중섭 거리에 들러
그의 발자취를 더듬다가
새연교 건너
새섬을 둘러본다
파도 소리를 귓전에 담고
섶섬이 눈앞에 두둥실 떠오르면
가슴 환해지는 행복을 느낀다

문섬은 가깝게 보아도 만족
미끈하게 빠진 몸매의
벌거숭이 기암에서 호흡을 멈추고
무심하게 걷다 보면
돌하르방이 반긴다
완만한 해안의
곡선 따라 걷다 보면 또 만족
올레길이 없었을 때도
유명세를 떨쳤던 이유를 알겠다

세월을 초월한 듯 풍경 속을 걸었다. 석양이 깊어질 때까지 걸었다. 낯설고 이색적이지만 달콤한 삶의 정수로 온몸이 짜릿했다.

살아있음을 느낄 수 있어서 좋다.

가슴속까지 파랗게 하는 바다, 바라보는 시간이 기쁨에 겨워 심장이 터질 것 같다.

소유는 허구다.

신창에서 바라본 차귀도 석양

나이 들수록 이 세상 어느 것도 나와 무관할 수 있다는 사실을 깨닫는다.

죽으면 모두 놓고 가야 한다. 남과 비교하여 많이 가질수록 자신이 더 많이 존재한다고 믿었었다. 잃어버릴까 봐 불안해하고 집착하며 살았었다.

다른 사람에게 어떻게 보일까 봐 비교를 통해 살지 않는 것이 자신의 시간임을 알았다.

과거와 미래는 허상이다. 지금, 이 순간만이 나의 삶이다. 비우고 내려놓고 그냥 웃는 것이다.

과거는 지나갔다. 왕년에 내가 무슨 소용 있는가?
새들이 뒤돌아보며 날아가는가?

새는 나는 법을 스스로 배운다. 산다는 것은 경험이다. 삶은 답을 알려 준다.

어디로 날아가게 될시 몰라도 나는 법을 배우듯, 떠나면 어떻게든 문제는 해결된다.

이것은 큰일이 아니다. 더 확대하여 자신을 괴롭히지 말자. 삶의 일부일 뿐 전부가 아니다. 문제와 화해하고 받아들이자. 내가 문제보다 더 큰 존재이다.

'맛있어져라.' '맛있겠다.' 주문을 외운다. 먹기 전에 그렇게 하면 내 몸까지 전염된다. 뇌가 느끼게 된다. 훨씬 더 맛있는 음식이 된다.

배가 고픈 것보다 영혼이 허기졌나 보다. 별것도 아닌 일들로 마음이 풍랑을 일으켰다. 심호흡한다. '다 괜찮아.'

바람이 나무에 닿아 소리를 만든다. 바람의 神이 음악을 연주하고 있다.

한라산 정상의 까마귀

옛날에 나는 숨 쉬는 동안 폐에서 물 흐르는 소리가 들렸다.

그런 폐를 가지고 숨 쉬는 것이 힘들었다. 산소가 부족한 곳은 폐가 먼저 안다. 좁은 공간, 특히나 밀폐된 장소는 더 했다. 지금은 내가 숨 쉬는 동안 행복하다. 숨마다 맛있고 좋다. 어떻게 살아가야 할지 삶의 깨달음을 얻었다. 영혼은 스스로 인도하는듯하다.

안락하고 익숙한 것에 의존한다면 더 나아가지 못할 것이다.

안전하고 확실하게 위험자산 회피에만 투자하는데 관심 있다면 다른 별나라로 떠나는 것이 나을 것이다.

다른 사람과 비교하며 살 필요는 없다.

다른 사람들이 더 행복하게 보여도 어떤 고통이 있는지 알 수 없다.

자신의 불행에 익숙할 뿐이다. 神조차 슬픔과 고난에서 자유롭지 않다는 것이다.

내가 가진 것에 만족하지 않으면 영원히 불평하며 산다.

다른 사람들이 내 여행을 이해 못 해도 괜찮다. 나 자신이 여행을 이해하기 때문에 불행하지 않다.

내가 글 쓰는 소질이 없음을 내 단독 저서 38권 발간하면서 알았다.

그런데 멈추면 죽을 것 같아 소재를 찾아 여행한다. 매일 노력하며 쓴다.

가슴이 원한다. 글쓰기를 포기할 수 없다. 나는 보통사람이다. 열심히 하면 마법이 일어날지 알 수 없지 않은가?

'나는 지금 행복하다.' 반복하며 걷는다. 만족하지 못한 부분이 없을 수는 없다.

그러나 행복하다는 자기 선언을 자주 하면 기분 나쁜 일을 당해도 마음 안에 행복이 뿌려진다. 여행지를 떠나서도 적용한다.

올레 8코스 _ 중문 CC

올레 8코스

걸을 때마다 진화하는 길
행복이라는 것을 경험할 수 있는 길
불행에 대한 환상은
조금도 생각나지 않는 길
대자연과 잇는 끈을 놓지 않아야 함을
생각하게 하는 길
천국에서 가장 가까운 길
새 파도 바람까지
올레길에 대하여 토론하는 길
아름답다고 말하는 것을
들을 수 없는 안타까운 길
월평에서 대평 포구까지 19.6킬로미터
제주의 보석 같은 해안을 만나는 길
살아 있는 주상절리를 만나고

은빛 백사장 색달 해변을 만난다
민낯의 파도를 보다가
화장을 지워 버린 모래길
유명 호텔 앞마당을 내 집처럼 지나면서
연극의 주인공이 되어 보기도 하고
한눈에 내려다보이는 언덕길을 걷게 된다
바닷가에서 비경을 올려 보다가
베릿내오름에서는 절경을 내려 본다
제주 절경인지 세계 절경인지 감탄하는 길
환상적인 벼랑의 정취에 휘청
느리게 걸을수록 더 멋진 코스
신이 빚어놓은 조각을 보며 걷는 느낌
뛰어난 석공도 다듬어 놓지 못했을 바위기둥들
병풍처럼 둘러선 현무암을 보며
4시간이 짧게 느껴지는 올레 8코스

천제연폭포

꼭 필요하지 않은 일을 줄여야겠다고, 만남도 마찬가지라고 생각한다. 단순하게 사는 것, 소박하게 사는 것이 정신을 창조한다는 것을 느낀다. 현재 가지고 있는 것으로 살지 않으려 하면 괴로움이 늘어간다.

다른 사람으로 되기를 멈추고 자신의 모습으로 살자. 타인을 위해 표정을 꾸밀 필요가 없다. 본 얼굴을 감추느라 많은 시간을 허비 말자
神 앞에서는 어떤 가면으로도 본연의 모습을 숨길 수 없다.

사람들은 보고 싶은 것만 보고 듣고 싶은 것만 들으려 한다.
그러나 다른 사람들이 보지 못한 것을 누군가 볼 수 있는 이유는 그 사물에 대한 소망 때문이다.

여행하면서 깨닫는다. 여행하며 확인한다.

그동안 수많은 세속적인 일과 경험이 진짜 내가 아니었다.

실체가 없는 환영이었다. 세상의 모든 자연과 연결된 나를 발견한다.

아름다운 것이 그 모습대로 영원히 지속한다면 꼭 지금 봐야 할 필요는 없다.

오래 머무를 수 없기에 바라본다. 여행지의 같은 장소도 다시 못 걸을 수 있다. 사라질 수 있다는 두려움이 아름다운 순간을 만든다.

나무를 봄에 본 사람은 가지마다 새움이 파릇파릇 돋아나는 나무라고 할 것이고

여름에 본 사람은 꽃들이 만발한 우아한 나무라고 할 것이고

가을에 본 사람은 황금빛 열매가 가득한 나무라고 할 것이고

겨울에 본 사람은 차가운 바람 속에 헐벗은 나무라고 할 것이다.

모두의 의견이 틀리지 않지만 옳지도 않다.

자신과 타인에 대해 성급하게 판단하지 말자. 다름을 인정해야 깨달음을 얻는다.

구질구질하게 비가 자주 온다. 아니다, 비가 자주 오니 먼지가 없다.

세상을 둘러보면 완벽한 것은 없다. 아름다운 것을 발견하고 아름답게 생각할 수 있느냐가 존재한다. 사물을 바라보는 방식에 따라 하루가 결정된다.

나의 잘못된 판단과 실수 등이 마음에서 떠나지 않고 괴롭힌다. 삶에서 고통받는 이유다. 벗어나는 방법은 걱정을 잊는 것이다. 걱정해서 걱정 없어지면 누구나 걱정만 하고 살 것이다.

사람들은 자신을 중심에 놓고 자기 방식대로 다른 사람을 판단한다.

세상이 주는 맛있는 음식과 환경을 포기해야 자유로워질 수 있다
새장 속의 앵무새는 주인이 주는 음식으로 두려움 없이 산다.
멋진 노래와 말하는 재능을 보여주기만 하면 된다. 일탈하자. 떠나자. 넓은 세상이 기다린다.

●1100도로 고지

불쾌한 감정은 거부할수록 스트레스를 받는다. 감정이 솟아나면 그 존재를 인정한다. 그러면 더 이상 느끼지는 않는다. 그리고 타개 방법을 찾는다. 숨어있던 용기가 눈을 뜨게 된다.

불안하다는 것은 미래를 더 철저히 대비할 수 있는 축복이다. 앓지 않고 행동할 수 있다. 불안을 느끼지 않으면 현재에 안주한다. 불안해야 행동 에너지가 발동한다. 불안은 선수를 쳐서 행동하기 위한 에너지원이라 생각하고 나아가자

1100도로 고지

작가로는 천부적 재능이 없다. 그래서 계속 멈추지 않고 노력하는 것이다

베스트셀러 없는 무명작가라 해도 수십 년째 결심이 흔들리지 않는다. 더 어리석었다면 쉽게 그만두었을 것이다. 조금 덜 어리석은가 보다. 지겨워서 내팽개칠 상황인데도 매년 한 권 이상 집필하며 계속 나아간다.

끝까지 쓸 것이다

타인의 평가보다 내 생각을 가장 소중히 한다. 주위 사람들의 시선이나 평가에 좌우되지 않고 나 자신이 하겠다고 결심한 일은 결코 포기하지 않는다.

누가 나를 우직한 사람이라고 말해도 목표를 향해 달려갈 것이다

현실은 그렇게 만만하지 않은 경우가 대부분이다.

일은 당연히 힘든 것이라고 이해하면 스트레스를 줄일 수 있다

스트레스를 예상해 놓는 것은 나쁜 일이 아니다

우리는 시간이 많다고 생각하는 것이 문제다. 시간은 기다려주지 않는다.

내일은 어쩌면 늦지 않는다는 보장이 없다.

지금 행복한 삶을 살고 있는가? 평가해보자
잠시 멈춰 주변을 둘러보자
무엇을 할 것인가 거창하게 답을 해야 하는 것이 아니다.
내키는 일을 하면서 완벽한 자유를 누리고 있다면 그만이다

오늘이 최고의 날이다.

이제는 나를 위해 이기적으로 살아도 된다.

돈이 많아야 즐기는 것은 아닐 것이다
최고급 리조트에서 돈을 펑펑 쓰면서 누리는 행복과 공원에서 아이를 데리고 즐거운 시간을 보내는 부부와의 차이를 보자
돈으로 살 수 없는 무엇인가를 갖지 못했다면 진정한 부자로 볼 수 없다
원하는 것은 시간을 내는 것이다. 행복이 가까이 있다. 돈 문제가 아니다.
미루게 만드는 많고 많은 이유를 생각하다 보면 너무 늦을지도 모른다.

생각을 고쳐서 변하기에는 이른 때가 없다.
남은 인생을 조종사로 살자.
승객보다는 기장이 되자.
기장이 못 된다면 기장의 마음으로 살자고 용기를 내자.

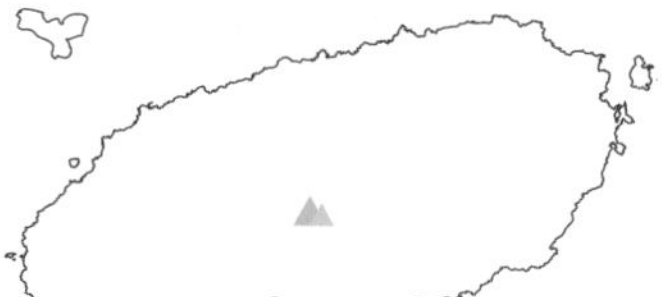

강정동에서 바라본 무지개

10년만 살 수 있다면 두려워하던 일을 해볼 것이다.

1년만 살 수 있다면 무서워하던 일을 해볼 것이다.

열흘만 살 수 있다면 과감해질 것이다.

바다, 등산, 여행, 등등 해보고 싶었으나 두렵고 무서워서 하지 못했던 일 하러 갈 것이다.

내일은 아무도 모른다.

그러므로 해보고 싶은 일을 지금 당장 해야 한다.

내가 무엇을 원하는지 다른 사람들이 알아주길 바라지 말자.
나 자신이 원하는 것을 나는 알 수 있지 않은가?
한 번뿐인 귀중한 인생이다. 행복한 것을 선택하자.
진정한 우선순위를 나중 일로 미루는 것을 당장 그만두자.

장기여행하고 싶은데 못하는 경우가 많다.
구체적인 계획이 없어서이다. 구체적이어야 실현 가능성이 크다.
스스로에게 선물을 준다고 생각하고 실현 가능한 계획을 짜고 실행하자.

여행하고 싶다가 아니라
여행하겠다고 긍정적인 언어로 바꾸자.

달력에 날짜를 기록하며 반복하다 보면 꿈의 실현 가능성이 커진다.

삶의 규모를 줄여야 더 큰 행복이 온다. 정리하고 없애는 것이 여유를 준다.

자유로운 삶을 위해 물건을 삭제하자. 물건이 아닌 경험을 모으자.

고민할 시간이면 행동을 시작하자. 스스로 해결할 수 있다는 믿음을 갖자. 걱정을 내려놓고 행동할 때 마법이 따른다.

누구를 위해 사는가? 내 삶에서 나는 몇 번째인가?

무조건 나를 1번으로 두자. 내 삶의 주인은 나다. 나에 대해 투자를 하자. 좋아하는 일을 먼저 하자.

삶에서 물러난 기분으로 살기보다는 구경꾼 아닌 참여자로 살자.

강정천 하구

강정천

제주도에서 사시사철 물이 흐른다면
민물이 바다와 만나는 지점에
폭포수가 있다면
빼어난 풍광을 한눈에 볼 수 있다면
바다와 섬과 육지를
한자리에서 볼 수 있다면
수많은 바위들이
물속에서 빙하처럼 얼굴을 내민다면
이색적인 유원지가 바로 강정천이다
올레 7코스를 걷다 보면 지나는 길에
범섬과 서건도를
가장 조망하기 좋은 곳에 자리 잡고 있다

작은 연못에 노니는 물고기들을 구경하다가
주상절리 암벽 위에 자란 나무에 감탄하고
물에 반쯤 잠긴 바위에 서 있으면 짜릿
더 비밀스런 강정천을 보고 싶으면
냇길이소까지 간다
사람의 발길이 드물지만
험난한 만큼 보상받는 곳
청록의 물빛과
이색 폭포까지 덤으로 본다
강정천은
그래서 숨겨진 비경이다

PART Ⅲ

걸으며
생각하며

비자림

비자림

어쩜 비자나무만 군락을 이루었을까
삼나무 숲길이 끝나면 비자림 입구다
수천 그루의 비자나무 자생 숲
神은 어쩜 비자나무만 좋아했나 보다
피톤치드가 가슴속까지 맑게 해준다
피톤치드 세례 받고
숲의 공기를 피부로 느낄 수 있는 곳
눈만 호강하는 것이 아니라는 곳
산책로를 느리게 천천히 걷는다
융단처럼 깔린 화산 송이석을 밟고 걷다가
운치 있는 자연정원에서
사색의 길로 접어든다
아마존 밀림지대로 착각하며 걷는 곳
비 온 뒤가 더 아름다워서 비자림일까
비 올 때 우산 쓰고 산책하면
더 훅 가게 된다는
비자림은 에덴동산을
미리 경험하는 체험장이다

세상에서 이렇게 아름다운 섬이 있다는 그 자체를 몰랐다. 파헤칠수록 빠져든다. 계절은 소용없다. 다 싱그럽다. 이곳에 스며들고 싶다.

하고 싶은가? 그렇다면 그냥 하면 된다. 마음을 끄는 일에 용기를 내자. 나중에 후회하며 노후를 보내지 말자. 후회가 꿈의 자리를 차지하게 놔두지 말자.

누군가가 나를 더 행복하게 풍부하게 만들어주길 바라는 것은 평화를 남에게 의지하는 것이다. 고로 자신을 불안한 상태로 몰아넣는다.

神은 항상 행복만을 주지 않는다. 그래서 홀로서는 전환점을 준다. 홀로 설 수 있을 때 되고 싶은 사람이 된다.

혼자 외식하고 차 마시고 길을 걸으며 빵을 먹어보자. 일상적이지 않은 일을 혼자서 즐기자.

혼자서 여행은 최고의 방법이다.

혼자서도 외롭지 않을 때 진짜 행복을 알게 된다.

재산이 얼마인지는 중요하지 않다. 나를 위해 쓰는 돈이 소중하다.

그저 여행 속으로 들어가면 된다. 인생의 답을 찾으려 애쓰지 말자.

색다른 여행이 답을 찾아준다. 남과 다르게 생각할 줄 아는 창의적 사고는 색다른 여행을 도전하는 것에서 시작된다.

불평불만 하는 사람들이 많다. 소수의 용기 있는 사람들은 그 벽을 뛰어넘어 높이 올라간다. 더 이상 누구도 부러워할 필요가 없는 당당한 존재로 사는 것은 본인의 선택이다. 용기다

시선을 잃어도 좋다. 마음을 잃어도 좋다. 이곳에서는 미아가 돼도 괜찮다.

제주도를 전부 사랑하고 싶은데 나의 전부로도 일부만 사랑할 수밖에 없다.

아름다운 곳이 너무 많아서 감당되질 않는다.

숲의 명소다. 오늘도 천국 문을 몇 번 드나들지 모르겠다.

비가 내린다. 풍경이 내린다. 땅만큼 젖고 싶다.

나는 어느 것 때문에 지금까지 원하는 것을 이루지 못했을까?

목표 없이 사는 습관, 계획 없이 사는 습관, 신체단련 부족, 쓸데없는 것에 호기심, 핵심 목표의 부재, 부족한 자기 수양, 부족한 야망, 환경, 끈기, 부정적인 마음가짐, 통제 못 한 감정, 공짜심리, 꾸물대는 습관, 두려움에 굴복, 시간 활용.

긍정적인 기억을 모으자. 마지막에 가지고 갈 것은 기억뿐이다.

열심히든 게으르든 나이는 먹는다. 누구든 처음 살아보는 세상이다.

어차피 나이 먹는 일이라면 더 잘 먹을 수 있을까 생각하고 행하자.

한라산 둘레길

한라산 둘레길

책은 나와 세상을 연결하는 끈이다. 책을 통해 다른 사람들의 감정과 지혜를 배운다. 책은 간접경험으로 최고다. 내가 책을 읽는 것은 본능이 되었다.

나는 여행 중독증이다. 여행에서는 좋은 집, 거창한 명예나 재산도 가치 없다. 아름다운 별나라에 있는듯하다. 자유가 내 안을 가득 채운다. 다음의 여행을 꿈꾸고 살면 부딪히는 세상사에 관대해진다. 여행자는 아등바등 살 이유가 없어진다. 욕심이 여행을 다시 제자리 일상으로 돌려놓지 않게 노력한다.

여행은 숙제가 아니다. 날마다 행복하게 보내라는 선물이다.

인생의 시간 중 90%는 물건을 찾느라 소모된다고 한다.

아침에 일어나서부터 안경, 핸드폰, 열쇠 등에서부터 잠들 때까지 물건을 찾기에 낭비되는 시간을 줄일 수 있다면 많은 시간이 자유로워진다.

입고 싶은 옷을 얼른 고를 수 있다면, 찾고 싶은 것을 얼른 찾을 수 있다면, 물건을 찾아 헤매지 않는 모습을 원한다면, 정리를 습관화하면 가능하다.

기억력과 정리의 힘은 연결된 능력이다.

처리, 보관, 버림. 중 하나를 선택하고 행동에 옮기면 된다.

물건을 손에 들면 그 물건의 행선지를 머릿속에 계산하는 습관이면 정리가 졸업 된다.

정리습관은 새로운 인생의 시작이다.

여행은 욕망에서의 자유다

이것저것 소유하려 할 때 욕망에 구속된다. 놓고 떠나면 구속되지 않는다.

애써 노력한 끝에 일궈낸 물질에 기댈 때 먼 후일 후회만 쌓는다는 것을 느끼고 있다.

물질에 집착해 새로운 것을 못 받아들이게 해서는 안 된다.

여행은 깨닫게 한다. 필요한 것만 적게 소유하는 삶이 가장 좋은 삶이다.

서귀포 자연휴양림

삶은 아름답다. 항상 아름답다고 느끼지 못한다면 지나치게 욕심을 가지고 있는 것이며 참 행복을 너무 늦게 알게 된다는 것이다.

좋다! 맑은 하늘, 푸른 바다, 향긋한 꽃냄새, 사랑까지 공짜다.

다이어트는 몸만 필요한 것이 아니다. 몸과 마음을 가볍게 함으로써 기쁨을 느끼기에 최상인 상태를 만드는 것이다.

짧은 인생에서 주어진 시간과 에너지는 유한하다.

불필요한 것들과 물질에 낭비된다면 남는 시간과 에너지는 적어지는 것이 당연하다.

나 자신을 위해서 사용할 여유를 늘리자

이것저것 유혹에 분산되면 기쁨은 생각보다 크지 않다.

귀중한 시간을 허무하게 낭비하면 행복조차 마음껏 누리지 못한다.

예를 들면, 어떤 것을 입을지 바를지 쉽게 결정하지 못하면 그런 것도 시간을 낭비한다는 뜻이다.

한라산 둘레길에서

그대 어디를 그렇게 바삐 가는가
아직도 가야 할 길이 많이 남았는가
여기서 잠시 쉬어 감이 어떠한가
건강을 잃으면 모두 잃는 것
피톤치드를 경험하며 시간을 보내는 것은 삶을 늘리는 것
그렇게 혹사시킨 몸에 휴식을 선사해 보게
이제는 소홀히 한 신체에게 힐링을 주는 시간
영혼까지 건강해지는 것을 느껴본들 어떠한가
샘물 한 잔으로 속까지 달래면 더욱 좋겠지
목가적인 풍경과 울창한 산림에서 머물러 보게
힘찬 에너지를 담아 옮겨 가게나
숨은 보석 한라산 둘레길을 은밀하게 황홀하게 걸어 보게
일상을 잊고 산소를 씹으며 산책해 보게
삶의 근원이요 원동력은 숲이라
자연의 생동감이 살아 숨 쉬듯 그렇게 살아 보게

여행자들은 타인의 삶에 과도하게 간여하지 않는다.

자신의 삶과 관계없는 사치품을 들고 다니지 않는다.
꼭 필요한 소중한 것만으로도 즐거운 시간을 보낸다는 것을 안다.
삶이 여행처럼 여행이 삶처럼 살 때 행복을 누린다는 것을 안다.
욕망이 지나치면 현재의 행복은 소외되기 쉽다
추구하는 것이 많을수록 번잡함은 늘고, 공허함뿐이다.

폭넓은 인간관계를 맺고 있는 사람들, 자랑할 만한 것은 아니다.
가장 필요로 할 때는 도망간다. 완전히 나의 것이 아니다.
부모, 부부가 마을을 쏟아야 할 대상이다

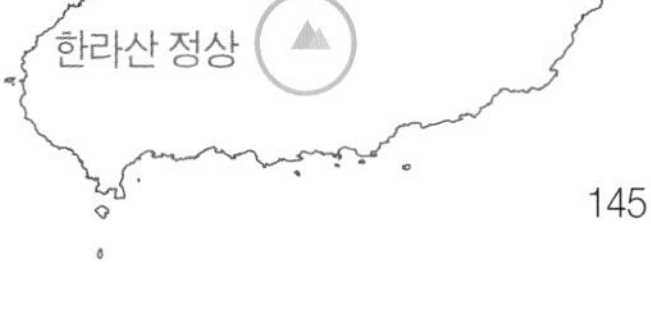

미루기 습관이 몸에 밴 것을 잊을 수 있다
아무리 훌륭한 계획을 세웠더라도 미루고 나면 헛수고다
아무런 소득도 없다. 당장 처리하고 여유롭게 사는 기쁨을 누리자
아직도 남들에게 조종되는가?
다른 사람들이 원해서, 다른 사람들이 권해서, 분위기 때문에 하는가?
아니면, 내가 정말 원하는가? 나중까지 기쁘게 하는가? 정말로 필요한가?
누가 무어라 해도 내가 원하는 것이 불행한 삶이 아닌 것이다.

인생은 단 한 번밖에 주어지지 않는다. 인생길도 한 가지뿐이다.
선택과 포기만이 필요한 과정이다. 원하는 것을 선택하고 불필요한 것을 포기하는 용기가 필요하다.
나는 생각하여 결정한다.
'이것이 없으면 내 삶은 엉망 되는가?' '이것이 정말로 필요한가?'

행복은 마음가짐이다. 부자 순서가 아니다.
주변의 소소한 것들, 보잘것없는 것들도 삶을 아름답게 만들어준다.

나는 청소를 자주 한다.
방 청소보다 마음 청소가 더 필요하다. 가장 좋은 방법은 여행이다.
홀로 떠난다면 더 좋다. 자기 내면을 볼 수 있다. 마음을 정리할 수 있다

영실(윗세오름 가는 길)

가까운 곳도 문제없다. 사막을 걸어도 마음속에 청량한 오아시스가 보이게 된다.

다른 사람이 나의 삶을 대신해 살아줄 수는 없다

지금 내 곁에는 내 소유물질이 거의 없다. 그런데 편안하다. 행복하다.

집으로 돌아가면 잡동사니를 버려야겠다. 언젠가 읽을 책, 언젠가 입을 옷, 언젠가 사용할 도구들과 헤어지지 못하고 집착하며 살았다.

심플한 삶이 유쾌한 삶임을 깨닫는다. 심플라이프는 자아 찾기다

여행 오면 안다.

비싼 옷, 명품 백, 최신 패션이 부럽거나 자랑의 대상이 못 된다.

편한 옷과 가방, 개성을 살리는 패션이 자연스럽다.

비교하지 않는 마음도 가지고 가야 할 것이다.

물질이 아닌 정신적인 분야에 에너지를 집중하면 자유롭고 평안한 삶이 된다.

주어진 시간은 모두에게 동일하다.

시간은 항상 그곳에 있으며 줄어들거나 늘어나지 않는다.

사라 오름 (한라산 중턱)

추자도
제주항
10
9
8
비양도
7
6
1139번 도로
(1100도로)
한라산
1131번 도로
(5.16도로)
차귀도
수월봉
5
4
3
형제섬
범섬
문섬
섶섬
송악산
가파도
마라도

제주도 해변

① 신양 섭지코지 해변
② 표선 해비치 해변
③ 하효 쇠소깍 해변
④ 중문 색달 해변
⑤ 화순 금모래 해변
⑥ 금능 으뜸원 해변
⑦ 협재 해변
⑧ 곽지과물 해변
⑨ 이호테우 해변
⑩ 삼양 검은 모래 해변
⑪ 함덕 서우봉 해변
⑫ 김녕 성세기 해변
⑬ 월정리 해변

나아가야 할 방향을 찾지 못하면 방황으로 세월을 보내게 된다.

난 안 돼, 난 못해가 아니라

'한번 해보자. 난 될 거야.' 긍정적 습관으로 살아보자

사람들과 교제하면서 본래의 자기 모습을 숨겨야 할 때가 있다

무의미한 인간관계는 과감히 포기하는 것이 낫다.

긴장하고 피로를 느끼며 신경 쓸 때 자신만의 삶은 없어진다.

긍정적 영향을 주지 못하는 교제는 멀리함으로 에너지를 낭비하지 말자

모임이 불가피한가? 휴대전화 속 주소록은 인맥이 아니다.

돈을 관리하는 일 자체가 심리적 부담이나 스트레스가 되지 말자

삶을 더욱 편하고 즐겁게 하기 위해서 돈을 관리한다.

돈에 연연하고 돈 버는 것만 생각하면 구속되거나 다른 경험을 할 기회를 잃어버린다.

표선 앞바다
올레 3번 코스

재미있게 살기 위해서인데 집중하다가 멋진 삶을 잃게 된다.

세월은 정직하다.

지금 바다를 바라보고 있다. 바다의 아름다운 풍경에 몰입되어있다. 좋다 온전히 행복에 집중된 느낌이다. 나는 지금을 완전히 살고 있다

내가 등을 돌리지 않는 한 언제든 좋아하는 바다를 누릴 수 있다. 다 가졌다.

현재에 만족하고 행복한 시간이라면 나는 부족한 것이 없다.

돈을 기쁘게 쓸 날이 많지 않다는 것을 안다. 사실 큰돈이 필요 없다.

돈이 없어도 기쁨을 느낄 수 있다. 생각하기 나름이다

있는 것보다 없음에 집중하면 가짜 부자다.

부자들이 돈을 쓰지도 못하면서 불만족하거나 에너지 방출로 생을 보내는 경우가 더 많다는 것은 가짜 부자이기 때문일 것이다.

오늘을 사는 사람이 진짜 부자라 생각한다. 그날의 기쁨에 충실하다

부러워해서는 안 되는 사람이 있다. 오늘을 위해 희생하거나 돈 모으는 것이 목표가 되면 돈을 지키고자 삶을 희생한다.

써먹지 못할 돈과 금은 돌덩이와 다를 것이 없다.

자연의 파랑을 무엇보다 사랑하는 사람이 가장 순수하고 사려 깊다고 한다.

그렇다면 나는 상위에 속할 것이다

한라산에 올라

한라산을 오른다
아니다 하늘을 오른다
오를수록 작아지는
자신의 존재를 느끼며
아무리 걸어도 한라산이고
벗어나려 발버둥해도 한라산
눈을 감아도
눈에 들어오는 산
제주도에서는
한라산을 벗어날 수 없다
사랑하는 사람의 품처럼
달콤한 산
포근히 감싸는 정을 느끼는
풍요의 산
산에는 수십 마리의 사슴들이
한라산의 주인 행세다
백록담에는
하얀 사슴들이 물 마시는 목가적 풍경
한라산은 길이 없어도
고민할 필요가 없다
어느 방향으로 가도 하늘 속이다

어디선가 마리아칼라스의 노래가 들린다. 아리아 “정결한 여신이여”

자신의 부족을 배신하고 적장을 사랑하며 부른 노래다

영화 ‘매디슨 카운티의 다리’ 도입부에 나와서 안다.

4일간의 사랑 ‘매디슨 카운티의 다리’는 사진 찍기 위해 찾은 사진기자와 격렬한 사랑을 나누지만, 남편과 아이들을 버리고 떠날 수 없어 이별을 고한다.

평생 가슴에 묻어두고 살다간 사랑 이야기

사랑은 슬픈가? 기쁨인가? 사랑이 죄인가? 벌인가?

영화를 그려보며 짠한 울림이 온다.

모차르트의 피아노 협주곡 21번 2악장이다. 들리는 음악에 빠진다.

즐겨듣는 클래식이다,

1139번 도로에서 바라본 한라산

영화 '엘비라 마디간' 의 주제곡이다

유부남 장교와 소녀의 불륜이 중심축이다. 아름다운 영상과 영화 전편을 수 놓은 피아노 협주곡 21번 2악장의 선율 때문이다

이루어질 수 없는 사랑은 총성으로 끝내야만 했을까?

슬프지만 그런 사랑을 한 번쯤 해보고 싶은 충동을 준다.

귀에 맴돈다. 피아노 협주곡 21번 2악장.

일명 '엘비라 마디간'

라흐마니노프의 피아노 협주곡 2번 1악장이 흐른다.

'7년 만의 외출'에서 먼로와 사랑에 빠지는 상상을 할 때 이 곡이 나온다.

영화가 아니어도 내가 가장 좋아하는 클래식이다

아름답고 쓰라리고 슬프다. 엄숙해지고 종교적이고 겸허해진다.

낯선 곳에서 인사하며 삶을 여행하는 것은 설렘이다.

●사라 오름에서 바라본 한라산

머체왓 숲길

정해진 틀 안에서 설렘을 잃어가는 삶을 살다 보면 반짝임을 잃어가게 된다.

머체왓 숲길 (소중천)

지금 아프다고? 열렬히 산다는 증거다. 후일에 또 다른 곳에서도 열심히 사랑할 수 있다는 성장통.

남들은 나를 청춘이라고 하지 않을 것이다. 노년에 접어들었다는 것은 나이, 즉 숫자일 것이다.

지금 가슴 뛰는 일을 하고 있기에 나는 나를 청춘이라고 말한다.

나는 걷는다. 설렘을 느끼며 걷는다. 오늘도 온종일 행복해 볼 것이라고 다짐하며 걷는다.

여행은 시기가 따로 있는 것이 아니다. 지금 당장 떠나자!

여행은 얼마나 멀리 떠나느냐가 아니다. 무엇을 어떻게 바라보느냐의 문제다.

여행은 해외 이름난 명소로 떠나야만 되는 것은 아니다.

아름다운 석양은 세계적인 일몰지에서만 볼 수 있는 것은 아니다.

하늘과 숨이 멎을만한 황금 물결은 조금만 떠나면 볼 수 있다

여행자의 자세만 있으면 그만이다. 감동 받을 준비가 되어있느냐의 문제이다

대포 주상절리대

대한민국 최대 규모의 주상절리대
해안가 안쪽에 수줍은 듯 숨어 있다
파도가 쉬었다 가려고 파놓은 동굴 두 개
올레 8코스 지나면서 볼 수 있지만
용기 있는 사람에게만
민낯을 보여준다
파도 소리 들으며 몽돌 해변 걸으면
모든 상상조차 잊어버리게 만든다
가기 힘들어서 바닷가의 끝이라 했을까
바다 끄트머리 주상절리대는
숨바꼭질 절경이다

동백낭

神은 이렇게 아름답게 만들어 놓고 어떻게 놀아야 할지 방법을 알려주지 않아 넋 놓고 바라본다.

모두 자유라고 말하는 神의 태만으로 와! 하고 입만 열고 있다

어디에도 벅찬 감동에 젖지 않을 이유가 없다.

아름다운 쪽빛 바다 돌돌 말아서 가지고 갈 수 없을까?

바다에서 우물을 파는 사람이 없다. 밭을 매는 사람도 없다. 바다에서 숨을 쉬는 사람이 없다. 숨비소리 들리지 않는다. 해녀도 아름다움을 건들지 못하는 곳이다.

아름다운 풍경에 경탄한다.

물론 가장 경탄해야 할 것은 나 자신의 존재다.

행복은 가까이 있다. 안경이 내 코 위에 있는 것처럼.

내가 가진 것을 소중하게 생각하지 않기 때문에, 남들이 부러워할 만한 것을 가지고도 별것 아니라고 치부한다.

별로 중요하지 않을 것을 전부라고 여기며 산다면, 물건을 우선, 사람을 나중으로 돌리는 것과 같다.

산이나 바다처럼 어떻게 해볼 도리가 없다면 대신 변할 수 있는 나를 바꾸면 된다.

협재 해변에서 바라본 비양도

인생에서 가장 위험한 일은 아무런 위험에도 뛰어들지 않는 것이다.

어른을 용서하면 어른이 되고 자신을 용서할 줄 알면 지혜로운 자가 된다.

요행을 기대하는 여행은 몸도 마음도 불편하게 느끼게 되는 경우가 많다.

남들이 부러워하는 시간을 살 것인가? 남들을 부러워하는 시간을 살 것인가?

여행은 실패하는 경우가 없다. 도전했다가 배우는 경우만 있다. 실패가 또 하나의 길이 됨을 깨닫는다.

두려움 때문에 포기하거나 무력해지지 않으면 여행 참 쉽다.

사람은 태어나서 고생하다 죽는다.
허망하지 않으려면 여행뿐이다

한담 해안 산책로

인생이란 폭풍우가 지나가기를 기다리는 것이 아니라, 빗속에서 춤추는 법을 배우는 것이다

갓난아이는 몇천 번 넘어져야 두 발로 서서 일어나 걷는다.
걷는 것을 포기하는 아이는 없다. 넘어져도 다시 일어나 걸으려고 한다. 넘어지는 것을 두려워 않는다.

그런데도 어른들은 한두 번 실패하면 포기한다. 어른이 더 겁쟁이다.

평화와 자유의 바다. 걱정도 욕망도 없다. 언제나 파란 바다로 쉼도 없이 출렁댄다.

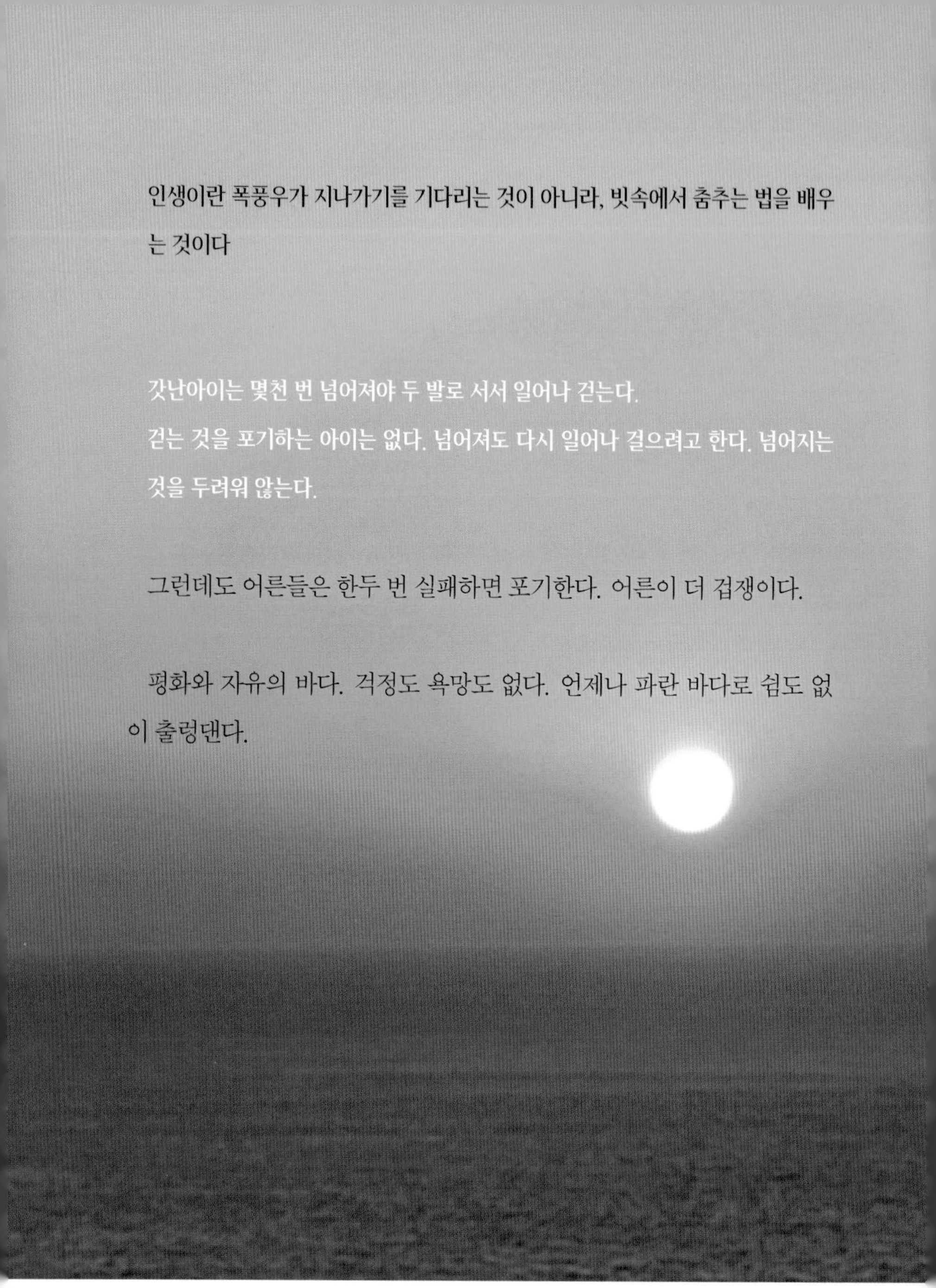

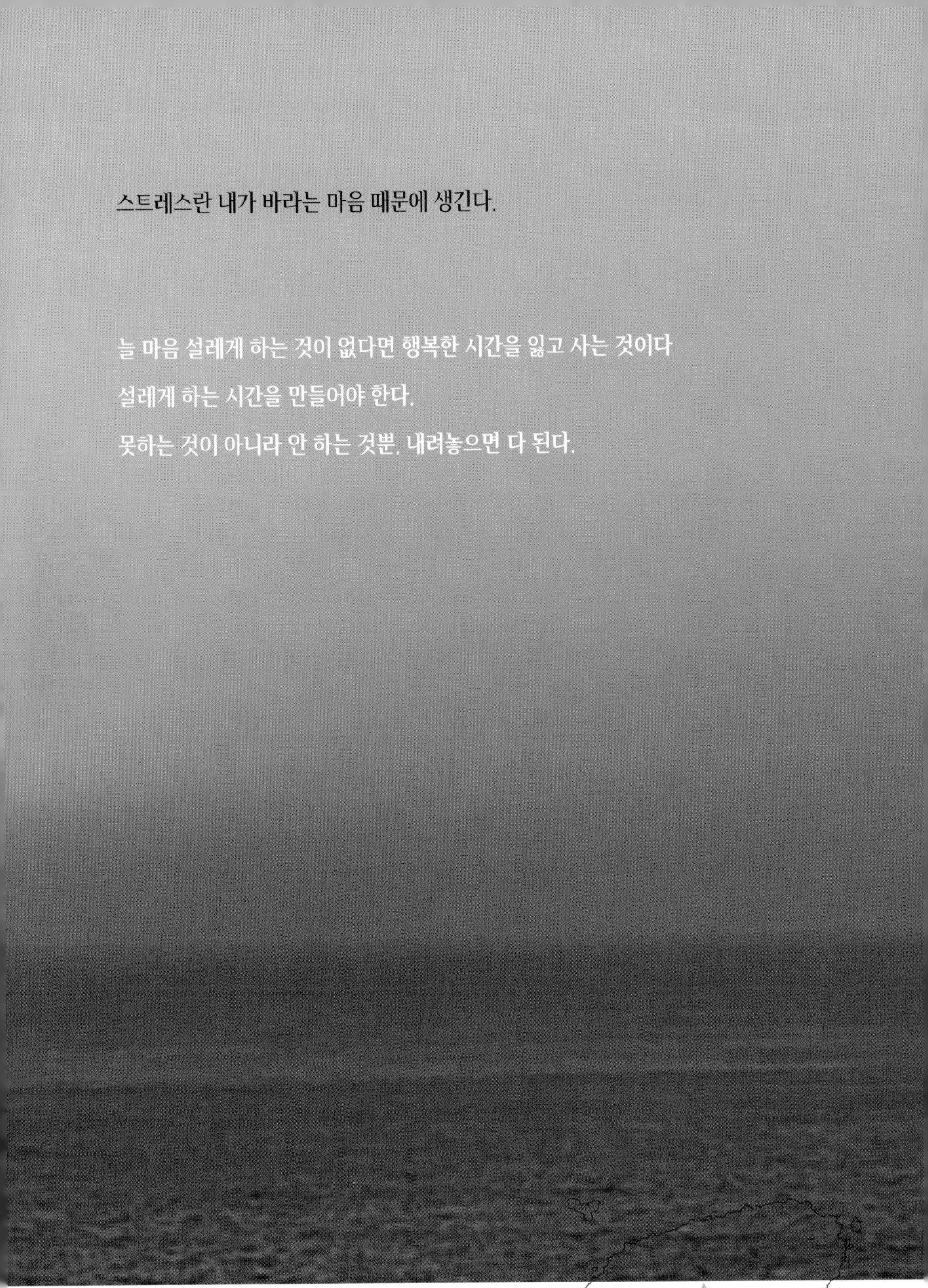

스트레스란 내가 바라는 마음 때문에 생긴다.

늘 마음 설레게 하는 것이 없다면 행복한 시간을 잃고 사는 것이다

설레게 하는 시간을 만들어야 한다.

못하는 것이 아니라 안 하는 것뿐. 내려놓으면 다 된다.

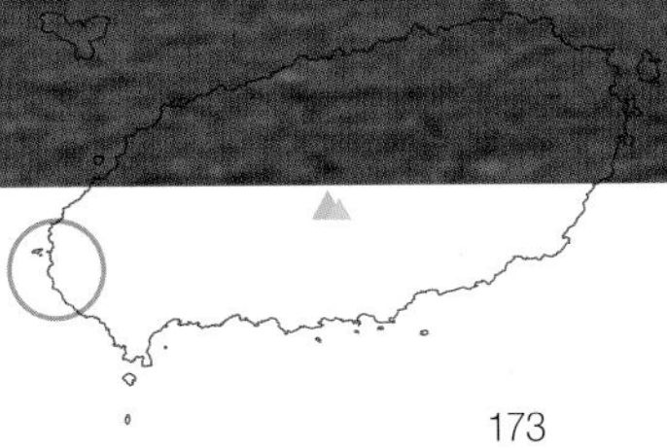

수월봉 석양

가파도

가파도

산방산 송악산 한라산이 한눈에 밟히는 가파도
고집스럽게 누워 있는 가파도 위에 누워 보라
하동항 바다에서 태양이 떠오른 흔적을 찾고
상동항 포구에서 석양의 노을을 느껴라
바다 위 한 점 가파도 섬 가운데 있다는 것은
경이롭다 못해 눈을 감아야 할 정도
마라도 등대가 멀리 보이고
항해 중인 선박들이 점점이 사라지는 모습을 보면서
가파도가 주는 선물을 한 아름 챙겨 보라
청보리 축제 때는 온 섬이 청보리밭
청보리밭 사잇길을 산책하다 보면 몸과 마음도 파랑
속살을 숨기지 않는 가파도를 걸어 보라
짓단짓밭에서부터 환해장성 거쳐 물앞밭까지

멀리서 보면 가랑잎 떠 있는지 가오리 한 마리인지
가파도에 가서 제주도를 한눈에 보며 확인하라
바다색은 기본이고 청보리 색과 도로까지 조화되는 섬
붉은 기운의 돌 하나까지 아름답고

가장 먼저 봄소식 전해주는 청보리섬
4월에는 보리 바다가 춤추듯 넘실대는 가운데에 서 보라
청보리밭 빗질하는 바람 따라 걸으면
내가 파도처럼 격렬히 출렁임을 알 것인즉
노랑 꽃 빨강 꽃 하얀 꽃들은 왜 그렇게 많은지
꽃멀미를 경험하게 하는 이색지대
대한민국에서 가장 키 작은 섬
대한민국에서 최고 높은 한라산과 비교되어
바닷속으로 사라질까 봐
바다의 풍랑도 가파도에서는 조용히 지나감도 보라
가파도는 아름다워서 치명적인 섬

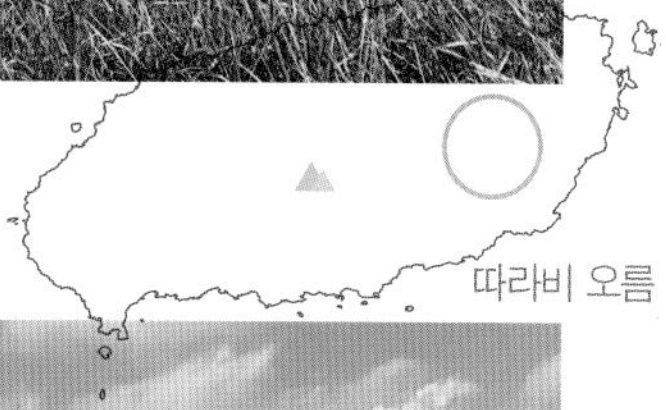
따라비 오름

이 세상에 아름답지 않은 것이 어디 있으랴
슬프게 바라보는 눈이 있을 뿐.

보성리

사라봉에서 본 제주항

왜? 이곳은 눈부실 정도로 아름다울까. 풀리지 않는 질문이다. 질문 그 자체를 사랑하란다.

이렇게 아름다운 이유를 당장 구할 수 없으니 그냥 질문대로 살라 한다.

먼 미래에 삶이 해답을 가져다주리라.

몸이 건강해야 사랑을 나눠줄 수 있다. 언젠가 줄 수 없는 그 날에 후회 말고 지금 사랑을 하자

옷, 신발, 안경, 모자……. 벗어놓는다.
생애를 벗어놓은 제주도에 앉아 있다
몸이 새의 날개처럼 가벼워진다.

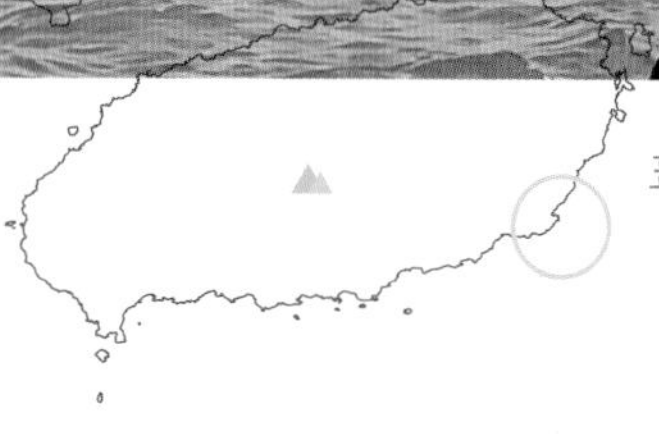

표선 앞바다

제주 올레 1-1코스
우도 검멀레 해변

올레 1-1 우도 코스

이 길은 가슴으로 파고드는
풍경에 취해서 가야 한다
돌담길 따라 구불구불 이어지는 길
태곳적 자연의 신비를 간직한 길
두 발로 걸으며
맨얼굴의 제주를 보다가
청정 제주의 속살로
명상과 휴식을 얻는다
산호 해변 옥빛 물결을
눈 아프게 보며
제주도에서 가장 큰
섬길을 소풍가듯
어린 시절처럼
느리게 사뿐하게 걷는다
지천으로 피어 있는
야생화 밟지 않으려 애쓰며
하트 모양의 전망대 탑에서
사랑을 쌓고 싶으면 돌 하나 얹고
답다니 탑에서 가장 고운
일출과 일몰을 마주하면 더 좋다
우도봉에서 한라산과 성산일출봉을 보면
눈을 의심하게 되고
섬 속의 섬 우도 한 바퀴 도는 올레 코스는
그래서 일번지다

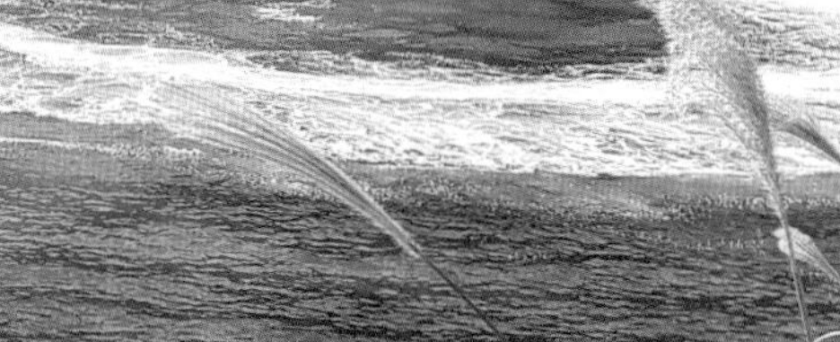
우도 검멀레 해변

우도

우도를 가면
우도를 가는 이유를 안다
제주도를 보려면
우도에서 보아야 제맛이다
매력의 끝이 어딘지 알 수 없지만
섬 속의 섬이다
한라산 풍경과 일출봉 풍경이
가장 아름답게 보이는 곳
에메랄드 바닷물은 기본
등대공원에 오르면
세상은 모두 발아래
느리게 걸어야 더 맛있는 섬
최고의 절경은 없어도
최고의 매력덩어리 섬
우도는 갈수록 빠져드는
마법의 섬이다

송양의 명상 에세이 · 시화집

마음 챙김 제주 산책
걸으며 생각을 만나다

초판 1쇄 발행 2021년 4월 21일

지은이 송양의
펴낸이 송양의
펴낸곳 월파출판

등 록 제2010-000004호
주 소 충남 천안시 서북구 불당25로 8. 302-2703
(불당동 호반써밋플레이스 센터시티)
전 화 041-553-7008
이메일 sye4473@daum.net
발행처 정은출판
기획 · 진행 장서윤

ISBN 979-11-85358-17-8 (03810)

정가 13,000원